LE MASQUE
Collection de romans d'aventures
créée et dirigée par
ALBERT PIGASSE

L'OMBRE ET LA PROIE

Pierre Boileau, né en 1906 à Paris, se consacre très tôt à l'écriture. Le Prix du Roman d'Aventures qu'il remporte en 1938 avec *Le Repos de Bacchus* oriente définitivement sa carrière vers le roman policier.

Thomas Narcejac, né en 1908 à Rochefort-sur-mer, universitaire, remporte ce même prix en 1948 pour *La Mort est du voyage,* et rencontre alors Pierre Boileau.

C'est le début d'une association qui donnera naissance à une quarantaine de romans, dont les plus célèbres ont été adaptés au cinéma (Les Diaboliques de Clouzot, Sueurs froides de Hitchcock), et qui fera de Boileau-Narcejac l'un des plus grands tandems de la littérature policière française.

DES MÊMES AUTEURS

DANS LE MASQUE :

LE REPOS DE BACCHUS, par Pierre Boileau
(Prix du Roman d'Aventures 1938).

LA MORT EST DU VOYAGE, par Thomas Narcejac
(Prix du Roman d'Aventures 1948).

NOTE DE L'ÉDITEUR

Quand nos deux auteurs, lauréats tour à tour du Prix du Roman d'Aventures, décidèrent de s'associer, ce fut non seulement pour s'enrichir l'un par l'autre (Boileau plus ingénieur qu'écrivain et Narcejac plus écrivain qu'ingénieur) mais surtout pour essayer de réaliser un récit qui, tout en demeurant construit comme une histoire policière, se lirait comme un vrai roman au lieu d'être reçu comme une devinette. Et la « maquette » qu'ils mirent au point fut *L'ombre et la proie*, synthèse encore imparfaite du genre nouveau qu'ils avaient en tête. C'est pourquoi ce roman resta pendant longtemps en portefeuille et ne fut édité chez Denoël qu'en 1958. Mais de 1952 à 1958, la formule « Boileau-Narcejac » s'était rodée et avait produit des œuvres plus typiques (*Les diaboliques, Sueurs froides,* etc.) si bien que les auteurs – par jeu, disent-ils – choisirent de paraître sous le pseudonyme saugrenu d'Alain Bouccarège, anagramme un peu laborieux de Boileau – Narcejac. Cependant, ils demeurèrent très attachés à ce premier travail d'équipe qui marque, d'une façon évidente, la transition entre *Le Repos de Bacchus* (Boileau seul) et *La mort est du voyage* (Narcejac seul) d'une part, et de l'autre, *Carte vermeil, Mamie, Les eaux dormantes*, etc.

Cette réédition, dans le cadre des Maîtres du Roman policier, ne devrait pas manquer d'intéresser les érudits et les « fans » de la littérature policière.

I

Il y avait près de cinq minutes qu'Anne-Marie, la bonne de *La Caravelle*, avait crié à travers la porte : « Il va être l'heure, mademoiselle ! Si vous ne voulez pas rater monsieur votre frère... »

– Oui, merci, avait nerveusement répondu Simone.

Elle le savait bien, qu'il allait être l'heure. Cependant, elle n'avait pas bougé; elle demeurait le front contre la vitre.

Il ne pleuvait plus, mais l'ouest restait bouché et le vent éparpillait des pétales dans les jardins, rebroussait les poils du griffon de l'hôtel, qui flairait le triporteur du boulanger.

Une dernière fois, Simone regarda l'Odet couleur de ciment frais, les coques trop blanches des yachts et leurs frêles mâtures balancées sur un fond de nuages en fuite. Puis, adossée à la fenêtre, elle parcourut la chambre des yeux. Sylvain approuverait-il?

Le lit, avec sa couverture groseille, sa petite lampe de chevet, ses ferrures chêne clair, était propre et avenant. L'armoire, creusée dans le mur, le lavabo, le fauteuil faisaient songer à une cabine de paquebot. L'odeur elle-même... Simone la recueillit, la goûta... Oui, l'odeur de vernis, de cire, accentuait cette impression de départ, de croisière. Les murs gris, fraîchement repeints, étaient doux à l'œil et peut-être à l'âme. Un départ, un nouveau départ avec Sylvain, une nouvelle étape, une nouvelle vie.

Ah ! Dieu !... Simone soupira et s'observa dans la

glace du lavabo. Etait-ce à cause de cette lumière taciturne que les rideaux arrêtaient à demi? Elle se trouvait vieille, tout à coup, blafarde, flétrie. Elle surprenait, au coin de ses paupières, autour de sa bouche, les infimes craquelures qui marquent la fin de la beauté. Trente-deux ans!

« Je suis son aînée, songea-t-elle. Son aînée de six ans! » Et la chambre de Sylvain lui parut sinistre; le silence, une seconde, la terrifia. Quelle folie d'être venue s'enterrer dans ce trou! Jamais Sylvain...

Elle tendit l'oreille... Sans doute l'aspirateur qui bourdonnait au fond du couloir. Mais il valait mieux en avoir le cœur net... Elle traversa la pièce dont le parquet trop neuf craqua, sortit dans l'étroit corridor sans fenêtre, qui filait comme une coursive jusqu'au palier. Tout là-bas, la silhouette d'Anne-Marie s'agitait, sous la veilleuse, et sa coiffe voletait bizarrement, découpant sur le mur de grandes ombres d'ailes.

Simone entra dans sa chambre, enfila son imperméable. « Il faudra que j'achète quelques fleurs, pensa-t-elle. Tiens! la lettre de Sylvain... Surtout, prendre l'habitude de détruire les lettres... Anne-Marie n'a pas besoin de savoir... »

Elle relut rapidement les huit feuillets... Toujours plein d'espoir, le pauvre Sylvain, toujours sûr de lui... « *...Vermandois trouve que j'ai fait des progrès formidables et me prédit un succès...* » Simone ferma les yeux pour mieux revoir Sylvain au moment où le train s'ébranlait. Il riait, ses longs cheveux bouclés déjà bousculés par le déplacement d'air. Il agitait la main... si jeune, si vulnérable, si inconscient... Il criait des mots qui se perdaient : ... Fortune... Triomphe...

– Mon petit Sylvain! murmura Simone.

Elle déchira lentement les pages, l'une après l'autre, roula les morceaux en boule... Jamais Sylvain ne comprendrait la situation. Les soucis, les calculs, les angoisses, c'était son lot à elle, à elle seule. Et après tout, pourvu qu'il fût heureux...

Son regard s'arrêta sur le crucifix, au-dessus du lit. Elle retira ses souliers, grimpa, décrocha le christ blême et le mince rameau de buis. Anne-Marie remarquerait l'absence de la croix. On l'entendrait chuchoter dans le bureau de « Mademoiselle », et elle surveillerait Simone à la dérobée. Sylvain, du moins, n'aurait pas l'impression de vivre dans une pension trop austère. Il fallait qu'il continuât d'aimer la vie, qu'il ne perdît point le goût de la lutte. Il allait se sentir tellement déprimé, au début! Simone savait... Elle avait l'habitude de ces retours désolés, succédant aux départs enthousiastes.

Elle chercha un tiroir, une cachette quelconque, finit par déposer le crucifix au fond de son armoire, sur une boîte de chaussures que ses robes recouvraient à moitié.

– Ce n'est pas pour longtemps, dit-elle très bas – et elle ferma l'armoire à clef, écouta, comme si elle eût craint d'entendre remuer à l'intérieur.

L'aspirateur bourdonnait toujours et des gouttes de pluie s'écrasaient à nouveau contre les vitres. Simone abaissa son capuchon sur ses yeux.

– Si Mademoiselle veut bien prendre les « patins »! cria Anne-Marie quand Simone fut dans le vestibule.

Le bureau de la réception s'ouvrait à gauche. A droite, s'étendait la salle à manger, avec ses petites tables aux nappes rustiques, son chariot à hors-d'œuvre, et ses marines bariolées. Un salon meublé de fauteuils et de tables de rotin flanquait le vestibule. Simone accrocha sa clef au tableau. Le tableau lui-même sentait l'encaustique. Il n'y avait que cette odeur de vivante dans l'hôtel désert.

– Triste mois de mai, mademoiselle Mézières. Un temps à faire fuir les touristes!

Simone sursauta. Elle tressaillait toujours quand « Mademoiselle » lui adressait la parole. Mademoiselle semblait surgir du plancher, sortir des murs. Elle se déplaçait d'un étrange pas glissé qui laissait immobiles les plis de sa longue jupe noire. Avait-elle un âge, un nom? Elle penchait un peu la tête, regardait au loin, les yeux distraits, les mains lasses; un sourire blessé errait sur son visage étroit et deux touches roses marquaient ses pommettes. Elle portait en sautoir une minuscule montre en or, et un ruban de velours lui enserrait le cou. Simone ne l'avait jamais vue assise. Elle parlait de loin aux fournisseurs, les congédiait en leur disant : « Vous pouvez disposer », comme un officier. Elle tutoyait Anne-Marie et appelait son griffon monsieur Ted. Elle ne sortait que pour suivre les enterrements.

– Je vais chercher mon frère, dit Simone.

– Le car s'arrête devant la poste. Aujourd'hui, il aura un peu de retard parce que c'est Maxime qui conduit.

On sentait qu'elle possédait par cœur la vie des autres. Simone baissa les yeux et sortit. Le vent lui jeta au visage une pincée de gouttes tièdes et ballonna son imperméable. Simone ouvrit la main : les fragments de la lettre déchirée s'envolèrent.

– Mon petit Sylvain! répéta Simone.

Le bac, amarré le long d'un perré, tirait sur sa chaîne en grinçant et son remorqueur crachait une fumée noire qui se rabattait sur l'esplanade. Quelques goélands, bousculés par les rafales, viraient bas, se posaient entre les barques, gonflaient le jabot et ne bougeaient plus.

– Un nom de Dieu de temps! cria un marin au pilote du remorqueur.

Simone ne voulait pas se mêler aux gens qui attendaient le car, quelques femmes en coiffe et deux ou trois hommes, le béret en tuile sur les yeux, qui regardaient sans cesse de son côté. Elle préférait marcher au bord de l'eau, dans la fumée chaude du bateau.

Un trou, ce Bénodet! Un trou lugubre, avec ses

hôtels encore vides, sa plage déserte et battue de plein fouet, ses tennis muets, ses garages silencieux, ses bazars offrant vainement des parasols, des cerfs-volants et des maillots de bain multicolores.

Simone doutait d'elle-même. Elle aurait pu imaginer tant d'autres moyens!... N'aurait-il pas mieux valu s'installer à Quimper? Mais Sylvain n'aurait pas accepté d'y vivre dans un hôtel médiocre. Ici...

Le klaxon du car hurla dans la descente et le vieux Citroën, lui aussi fraîchement repeint, exécuta devant la poste une manœuvre compliquée. Simone respirait à petits coups pressés. Sylvain! Il était là. Elle devinait son profil derrière les vitres embuées. C'était bête, cette émotion qui lui tirait le ventre. Il allait encore se moquer. Il était cruel comme un enfant.

– Sylvain!

Il faisait celui qui n'entend pas. Le chauffeur, grimpé sur le toit du car, lui passait une valise et Sylvain glissait un billet dans la main ouverte. Il donnait toujours de bons pourboires. « Moi, je suis un gentilhomme! » expliquait-il. Mais Simone savait qu'il achetait ainsi la bienveillance autour de lui. Il avait besoin de se voir entouré de visages souriants, pour ne pas douter de lui-même. Ces longs cheveux à l'artiste, cette lavallière désuète, cette nonchalance un peu hautaine, tout cela faisait partie du rôle. Sylvain, presque en toute bonne foi, posait au peintre de talent.

Il se retournait, fronçait les sourcils, déjà furieux à la pensée que Simone allait le consoler. Il ne voulait pas être consolé. Simone l'aimait pour sa faiblesse. Il aurait voulu être aimé pour son génie.

– Donne-moi ta valise. Elle est trop lourde.

– J'en ai porté d'autres, grogna Sylvain.

Il refusa de voir la joue offerte, promena un regard dédaigneux sur la place mouillée, l'esplanade où s'égouttaient les tilleuls, la rivière grise charriant des reflets de nuages couleur de plomb.

– C'est plutôt gai! Compliments.

– Tu verras, quand il y aura du soleil, dit Simone, humblement.

La rancune de Sylvain s'élevait entre eux comme un mur de cristal, lisse et froid. Simone glissa sa main sous le bras du jeune homme.

– Nous sommes très bien installés, je t'assure. Tu vas pouvoir te reposer. Tu dois en avoir besoin.

– Oh! tu sais...

Sa voix brouillée sentait les larmes. Il s'était promis, pourtant, de ne rien dire, de ne pas se plaindre. Il était, il se devait d'être au-dessus d'un échec. Devant Simone, il ne s'avouerait pas vaincu. Mais Simone le regardait, maintenant. Elle était douce, indulgente, maternelle, patiente. Elle le regarderait ainsi jusqu'à ce qu'il lui ait tout raconté. Il aurait beau se défendre; elle lui arracherait, bribe par bribe, le récit de ses humiliations et, quand elle serait bien sûre que tout avait été dit, elle attirerait sur son épaule la tête de Sylvain. « Mon pauvre chéri! »

Et Sylvain, une fois de plus, s'anéantirait dans la pensée de sa défaite.

« Hein! Si tu ne m'avais pas! » chuchoterait Simone, en l'embrassant.

– Non! cria Sylvain. (Il posa sa valise dans une flaque.) Non! J'en ai assez.

– Sylvain, je t'en prie. On nous regarde.

– Je m'en fous. J'ai eu tort de venir. J'aurais dû...

Simone prit la valise et, à son tour, il lui saisit le bras.

– Ecoute, Simone, j'aurais dû me tuer. J'ai failli le faire, hier au soir...

Il la vit pâlir et une aigre joie afflua dans son cœur.

– Puisque ma peinture leur déplaît, puisqu'ils me jalousent, puisque tout le monde me déteste, je ne vois pas ce qui me retiendrait...

– Tu es fou, Sylvain.

Il éclata d'un rire sombre.

– Fou! Encore une chance qui m'a été refusée. J'y vois clair, n'aie pas peur!

– Allons, Sylvain. Tu es si jeune! Tu recommenceras.

– Jamais! C'est fini. Je ne toucherai plus un pinceau. Je vais chercher du travail, n'importe quoi! Manœuvre! Garçon de bureau! Ou bien je peindrai des champs, des plages, des bateaux... des trucs léchés, des cartes postales. C'est bien ce que tu veux, n'est-ce pas? Des croûtes pour touristes du dimanche, et on ouvrira une petite boutique ici, entre le marchand de glaces et le pâtissier, et les gosses viendront me voir travailler, et les vieux messieurs diront : « C'est formidable ce que c'est ressemblant! Ça vaut presque de la photo! »

Les paupières de Simone battirent. Sylvain se tut, ivre d'une délectable détresse. Il esquissa un geste mou vers la valise, mais Simone le repoussa.

Alors, les mains dans les poches, il fit exprès de traîner, un mauvais sourire aux lèvres.

– C'est ça? grogna-t-il quand Simone s'arrêta devant l'hôtel. *La Caravelle!* Marrant! Moi, j'aurais préféré *Le Rafiot.*

Mais déjà, il se passait la main dans les cheveux, d'un mouvement coquet, boutonnait son raglan, sortait ses gants de sa poche. Mademoiselle les attendait dans le vestibule, et Sylvain s'inclina noblement.

– Mon frère, dit Simone.

Mademoiselle avait tout saisi d'un coup d'œil : la valise, la figure fripée de Simone, le visage encore crispé de Sylvain. Elle souriait vaguement, mais ses mains étaient attentives. Elle les joignit, les frotta lentement l'une contre l'autre.

– J'espère que vous vous plairez à Bénodet, monsieur Mézières.

– J'en suis absolument certain! dit Sylvain d'une voix gaie.

« Voilà comment il est, avec les autres! » songea Simone. Et, portant la valise, elle monta l'escalier derrière lui. Anne-Marie s'était effacée le long du mur. Elle était rouge et suivait du regard ce jeune homme élégant qui l'avait saluée au passage et dont elle avait senti les yeux sur ses hanches, sur sa poitrine. Il était beau. Anne-Marie était jalouse de Simone.

– Tu aurais pu trouver quelque chose de mieux! dit Sylvain, tandis que Simone refermait la porte de la chambre. C'est tout juste grand comme un piège à rat.

– Peut-être, mais la pension ne coûte que...

– Oui! oui! je sais! (Il alluma une cigarette, releva le rideau et, sans se retourner :) On en est là?

– Si tu savais ce qui me reste! murmura Simone.

Elle ouvrait la valise, suspendait à des cintres les vêtements de Sylvain, rangeait son linge dans l'armoire. Elle était heureuse, malgré tout. Il était là. Elle l'entendait respirer. Elle sentait l'odeur épicée de sa cigarette américaine. Il ne fumait que des *Camel*, il assurait que le tabac français lui jaunissait les dents. Ses doigts tambourinaient sur la vitre.

– Il faut toujours que tu exagères! soupira-t-elle.

Du coup, il fit volte-face, hors de lui.

– Moi! j'exagère! Mais tu ne comprends donc pas que je suis lessivé! fini! nettoyé! J'ai eu des articles terribles! Même Vermandois qui m'a finalement laissé tomber! Peinture nègre... chiqué... du Picasso puéril... aucun sens de la composition... bariolage décadent... que sais-je! Ils se sont tous fait le mot, c'est évident! Je les gêne! Je les inquiète! Alors ils me bouchent le passage! Ils me cassent les reins...

Sylvain s'arrêta brusquement, comprenant que Simone avait voulu le faire parler. Maintenant elle était renseignée. Elle savait que Sylvain était battu et qu'il lui appartenait tout entier. Il serra les poings rageusement.

– Je n'ai pas dit mon dernier mot, tu entends, Simone! Je les aurai, je te jure que je les aurai!

Elle était devant lui, les épaules un peu voûtées, le visage attentif, le regard trouble et anxieux comme celui d'un chien.

– Mais bien sûr, mon petit Sylvain. Il faut lutter!

– Tu te fous de moi! gronda-t-il. Tu penses comme eux! Bon Dieu, oui, je lutterai! Et je vous épaterai, vous verrez! J'ai une idée de tonnerre! Demain, pas plus tard que demain, je m'y mets! Une ligne, là, et deux sphères mauves...

De l'ongle, il dessinait un rapide croquis sur le carreau hachuré de pluie. Simone achevait de vider la valise et tout à coup ses doigts sentirent le froid de l'acier.

– Sylvain... Ce n'est pas possible?

– Quoi?

Il avait parfaitement deviné et Simone comprenait parfaitement, elle aussi, le chantage sournois, ridicule. Elle soulevait d'un geste méfiant le petit browning, dont la crosse s'ornait d'une dérisoire incrustation d'ivoire, figurant un trèfle à quatre feuilles.

– Donne ça!

Il s'efforçait de serrer les mâchoires, de prendre un air fatal, mais il surveillait Simone avec inquiétude, comme un gamin qui redoute une gifle. Il guettait la colère de Simone, s'apprêtait à ricaner. Elle se laissa glisser sur le lit, les mains au creux de sa robe. Elle pleurait en silence, les traits comme raidis et ce fut plus fort que Sylvain. Il s'agenouilla devant elle, soudain sans défense, nu et craintif.

– Imbécile! murmura-t-elle. Imbécile!

Ils ne bougèrent plus. La tête de Sylvain était lourde entre les genoux de Simone. Elle passait lentement, maternellement, ses doigts sur ce front, sur ces joues, sur ce masque harmonieux derrière lequel se cachaient tant de pensées absurdes. Le bonheur, timidement, renaissait entre eux. Sylvain était prêt, de nouveau, à obéir, et Simone, les yeux clos, une larme au coin de la bouche, songeait à l'avenir. Il était temps de prendre une décision. Elle se pencha, appuya ses lèvres sur la tempe de Sylvain.

– Tu ne me quitteras plus, souffla-t-elle. Je te promets que nous réussirons.

Le revolver était toujours sur le lit. Elle le déposa dans son sac à main et se redressa. Sylvain sourit, s'étira sans se presser.

– Il faudra que je rachète du matériel, observa-t-il. J'ai vu à Quimper un magasin qui a l'air au poil. Avec cinq mille francs je crois que je m'en tirerai.

Comment Simone lui aurait-elle refusé ces cinq mille francs, et comment lui aurait-il plus adroitement avoué qu'il avait dépensé tout l'argent de son voyage? Elle lui tendit les billets et il les fourra en vrac dans la poche de son pantalon. Cela aussi faisait partie du rôle. Il se donna un coup de peigne, jambes écartées pour se mettre au niveau de la glace.

– On va faire un tour? La pluie cesse, et, après tout, ce petit bled n'est pas tellement antipathique.

Une fringale de vie, de mouvement, s'emparait de lui. Il sifflotait, remuait les chaises, ouvrait l'armoire, tripotait les robinets du lavabo. Simone souriait, retouchait son fard.

– Je t'ai parlé de Mylord, mon copain des Beaux Arts, dit Sylvain, dans l'escalier.

– Prends les « patins ».

– Quoi?... Décidément, c'est complet!... Tu sais, c'est un type absolument invraisemblable...

Derrière la vitre dépolie du bureau, Mademoiselle hochait la tête. Elle biffa la mention *hors-d'œuvre* et écrivit d'une main nette: *langouste mayonnaise, 550 francs.* Le menu était prêt.

Sylvain passa son bras sur l'épaule de Simone.

– Tiens-toi bien! dit celle-ci. On est observés ici. Ils vont nous prendre pour des amoureux.

– Tu parles si je m'en moque!... Pas mal la rivière, et ces villas, pardon!... Tu nous vois installés dans une crèche comme ça!

Elle poussa un soupir.

– Qui sait, reprit Sylvain. Si je réussis le tableau que j'ai dans le crâne!... Quand je pense au prix que Ballard a vendu l'autre jour un mauvais Braque... Il y a un sacré courant dans ce goulet!... Moi, j'aimerais bien un petit cotre, pas toi? On filerait le matin! On déjeunerait derrière des rochers...

Simone l'écoutait, la tête un peu renversée. Sylvain avait l'art d'animer ses rêves, de donner à ses illusions des allures de projets. On ne savait plus très bien, avec lui, où finissait le réel. Ou plutôt il n'y avait pas de réel pour Sylvain, mais seulement un monde de désirs chatoyants qu'il modelait sans fin, avec des yeux pleins d'extase.

Ils suivirent un sentier en corniche et, les derniers jardins faisant place à la lande, ils découvrirent la mer, d'un vert livide, un énorme horizon de nuées et, à leurs pieds, un éboulis de rocs noirâtres, sauvages, où les vagues s'écrasaient en nuages blêmes, en fumées d'écume.

– Ne t'approche pas! dit Simone. Il y a déjà eu des accidents!

– Sans blague! Ici?

– Je t'assure. Il n'y a pas plus de deux ans, un homme s'est noyé là. Il paraît qu'on l'a retrouvé déchiqueté, méconnaissable... Une horreur!

– Suffit! Ne me coupe pas l'appétit... Tiens! Il faudra que je me remette aux marines. J'avais un joli tour de main, autrefois, tu te rappelles? (Il lui serra l'épaule avec une tendresse brutale :) Ma petite Simone! Je suis content d'être avec toi, tu sais. Je m'ennuyais à Paris!

Il le croyait peut-être. En ce moment, il était

sincère; mais quand il avait acheté ce browning, il était également sincère, et quand il avait failli partir deux ans auparavant, avec cette fille... Simone, blottie près de lui, aurait voulu le saisir à pleins bras, le retenir, l'attacher, l'immobiliser pour toujours à son flanc. Elle aurait voulu penser pour lui, voir à sa place, afin d'apercevoir la première les dangers et les tentations. Sylvain parlait; elle ne l'écoutait plus. Elle se répétait au fond d'elle-même : « Il m'échappera... j'aurai beau monter la garde... » Et, dans une autre région de son esprit, elle calculait combien de temps elle pourrait tenir encore avec le peu d'argent qu'il lui restait...

– Hé! Simone! Je te parle! Tu rêves?

– Pardon?

– Je te dis qu'il est l'heure de déjeuner! Je n'ai rien avalé depuis hier soir, moi! On boulotte bien dans ta *Caravelle*? Je ne voulais pas te fâcher, mais ça fait un peu curé, cette boîte!

– Elle est bien tenue! C'est tout.

Le ton de Simone était piqué et il éclata de son rire ingénu qui lui faisait tout pardonner.

– Ce que tu peux être popote, ma pauvre fille!

Il avait oublié son dépit, sa colère, sa décision d'être manœuvre ou garçon de bureau. Il se mit à chantonner : « Il était un petit navire », en lorgnant les fins voiliers des bourgeois de Quimper.

– Demain, s'exclama-t-il subitement, je me baignerai. J'aime ce coin, décidément!...

Mademoiselle les attendait dans le petit salon. Elle prit Simone à part, tandis que Sylvain se lavait les mains. Elle aimait les chuchotements, les mystères.

– Je suis très ennuyée... Il m'arrive pour déjeuner une cliente indésirable... Non! Pas ce que vous pourriez supposer. D'ailleurs, je ne tolérerais pas... Une petite très bien, au contraire, la fille du *Mesnil*, vous savez, cette belle propriété qu'on aperçoit de la route... Une villa avec une tourelle, qui a l'air d'un petit château, des fleurs partout... une grande allée de pins... Pour en revenir à Claudette... (Ses yeux regardaient par-dessus l'épaule de Simone :) On a bien raison de dire que la fortune ne fait pas le bonheur. Figurez-vous...

Sylvain arrivait, achevant de se sécher les mains avec son mouchoir.

– Alors, on casse la graine?

Mademoiselle releva le menton et se dirigea vers la salle à manger, comme une chrétienne des premiers âges vers l'arène.

– Fais donc attention! chuchota Simone.

Mais Sylvain apercevait les toiles ornant la pièce et il commençait à grogner.

– C't' un monde!... Jamais vu des trucs comme ça... Si je connaissais le saligaud...

Il s'arrêta, les yeux fixés vers le fond de la salle.

L'inconnue n'était pas belle. Elle avait les yeux rouges, un petit nez brillant, un menton pointu de fille à peine formée. Vingt ans, peut-être! Mais quelque chose de sain, de vif, de sauvage dans le mouvement du cou, dans la poitrine menue et libre.

– Assieds-toi, dit Simone.

Ils s'installèrent l'un en face de l'autre. Sylvain s'efforçait de conserver son air insouciant, mais Simone connaissait le sens de ses moindres gestes. Il allait se mordiller le pouce, se lisser les cheveux au-dessus des tempes... Et la fille, là-bas, sensible à un mystérieux fluide, faisait semblant de s'intéresser aux peintures. Ses yeux erraient lentement, d'une toile à l'autre. Elle tournait peu à peu la tête.

– Sylvain!

– Oui?

– Tu n'as plus faim?

Il sourit, une petite lueur inquiétante au fond des prunelles.

– Plus faim? Tu vas voir.

Il se retourna pour appeler Anne-Marie. Au vol, il avait saisi le regard de l'inconnue.

– Langouste mayonnaise, hein? Moi, ça me dit quelque chose.

– Si tu veux, murmura Simone.

Quelle importance! Qu'est-ce qui avait de l'importance?

– Deux langoustes! cria Sylvain.

Il se remettait à vivre; il passait la paume de ses mains sur ses tempes, riait un peu trop fort, faisait craquer la carapace de la langouste comme une bête qui broie un os.

Il tournait le dos à la porte. Ce fut Simone qui vit entrer l'homme. La jeune fille se leva. L'homme marchait sur elle, un grand brun, aux cheveux argentés, au teint bilieux. Derrière la porte vitrée, Mademoiselle observait. On sentait qu'elle se dressait sur la pointe des pieds. Sylvain s'essuya la bouche, et une ride se creusa entre ses yeux.

– Claudette, votre mère vous attend! dit rudement l'homme.

Elle se rassit paisiblement. Mademoiselle entrait, avec une corbeille à pain qu'elle déposa devant Simone.

– C'est Francis Fombieux, son beau-père, chuchota-t-elle rapidement.

– Ecoutez!... commença Sylvain.

Mais Mademoiselle s'éloignait, redressait des fleurs dans un vase.

– Cela ne nous regarde pas, dit Simone.

Le beau-père et la belle-fille discutaient à voix basse. Il était debout près d'elle et de temps en temps il frappait la table du poing. Sa chevalière claquait. Sylvain pétrissait nerveusement son pain. Des mots, des morceaux de phrases volaient à travers la salle. « Revenir... J'en ai le droit... Scandale... »

Mademoiselle s'approcha pour desservir. Elle expliqua dans un souffle :

– La petite s'est sauvée du château, du *Mesnil*... Sa mère s'est remariée, et elle déteste son beau-père. Un vrai drame!... (Et haussant le ton :) Anne-Marie, la suite, s'il te plaît.

Là-bas, Claudette riait, narquoise, secouant sa tête blonde.

– Oh! Si vous me suppliez!

Francis Fombieux se redressa, regarda peureusement du côté de Sylvain. Il était pâle, avec une grande veine fourchue au milieu du front et deux rides profondes autour de la bouche. Claudette repoussait sa chaise, s'amusait à faire du bruit, à attirer l'attention, tandis que son beau-père répétait :

– Claudette... Je vous en prie... Dans votre intérêt...

Elle jeta sa serviette sur la table, renversa son verre. Déjà, Mademoiselle était là, qui épongeait la nappe et souriait, affirmant que ce n'était rien, absolument rien. Et Anne-Marie, tenant un plateau fumant, hésitait au milieu de la salle à manger, bouleversée et reniflante. Fombieux sortit le premier, laissant la porte grande ouverte.

– Excusez-le, dit Claudette insolemment.

Elle s'adressait à Mademoiselle, mais regardait Sylvain. Elle avait des yeux verts, d'un éclat extraordinaire. Elle semblait triomphante. Mademoiselle referma doucement derrière elle et haussa les épaules.

– Quelle tristesse!... Des gens qui ont tout pour être heureux. (Elle prit à témoin le ciel, puis Simone et Sylvain. Et après une brève hésitation :) Va donc à la cuisine, Anne-Marie. Je m'occuperai de ces messieurs-dames.

Les taches roses de ses joues s'étaient élargies. Elle s'appuya des deux mains à la table, se pencha en avant. Sa montre oscillait au-dessus du beurrier comme un pendule.

– C'est toute une histoire..., commença-t-elle.

II

Sylvain Mézières fumait, les mains croisées sous la nuque. Il était en slip, une serviette éponge nouée autour du cou. Il regardait les nuages; il écoutait la mer qui montait dans les roches et dont les coups de bélier résonnaient dans ses reins; le soleil plantait dans sa poitrine mille aiguilles de feu. Quand il fermait les yeux, il retrouvait des pensées paresseuses qui voyageaient lentement, comme les nuages, là-haut. Quand il tournait la tête, il voyait, dans l'ombre bleue du rocher, Simone qui reprisait un bas. Parfois, elle laissait retomber son ouvrage et souriait, sans gaieté. Le vent agitait sa robe, faisait courir le sable sur les galets avec un bruit d'étoffe froissée.

« Qu'ai-je besoin de peindre? songeait Sylvain... Est-ce que je peindrais, si j'étais seul!... C'est pour elle que je me donne tout ce mal... L'ennui, c'est qu'elle est persuadée que je n'arriverai jamais à rien!... Pas moyen d'en sortir! »

– A quoi penses-tu Sylvain?

Encore! Fallait-il répondre? Lancer une insolence, une méchanceté? Il se retourna sur le flanc, cracha des brins de tabac.

– Je pense à la petite d'hier, dit-il. Si je comprends bien, elle en a assez de son beau-père, de sa mère, de tout! Elle veut filer, elle en a marre quoi!

– Et alors!

– Alors, rien! Je trouve ça plutôt sympathique, voilà!... Je sais bien que moi, si j'avais du fric...

– Qu'est-ce que tu ferais?

Simone s'appliquait à parler avec indifférence. Elle ne pouvait empêcher sa voix de devenir un peu rauque. Sylvain se coucha à plat ventre, déterra une puce de mer sur laquelle il souffla une bouffée de fumée.

– Je me débinerais en Amérique! Là-bas, il n'est jamais trop tard pour recommencer.

– Tu es donc si malheureux?

La question le prit de court. Malheureux? C'était bien là un mot de Simone! Un de ces mots qui jettent de fausses clartés et créent l'irréparable. Malheureux, non! Mais mal à l'aise, tourmenté, divisé. Et puis, à quoi bon chercher à préciser!

– Je voudrais être ailleurs! dit-il. Tu ne peux pas sentir ça, toi! Tu aimes trop la sécurité! Moi, tiens, j'envie les gens qui font des tournées, les conférenciers, les musiciens, même les trapézistes... même les clowns! On doit s'oublier si facilement à force de voir de nouvelles choses. Je sais bien, c'est bête! c'est ridicule! C'est...

– Dis que tu as envie de voyager, mon petit Sylvain, ce sera plus simple! Mais nous le pourrons bientôt, nous aussi! Nous ne serons pas toujours obligés de compter.

Sylvain posa son front sur le sable frais. Il n'y avait pas à discuter. « Plus simple »! Comme si c'était simple de vivre, de savoir ce qu'on désire au juste! Et ce mot exaspérant : Compter! Un mot qui évoque tout de suite l'idée d'une vie étriquée, sordide! L'image d'une chambre d'hôtel où l'on cuisine soi-même ses repas.

– Va donc te baigner! dit Simone.

– Il y a trop de vent.

Pourtant, exaspéré, il se leva. Sa tête dépassa le rocher : il découvrit le minuscule estuaire où le suroît et le reflux s'affrontaient. Pas un bateau en vue, à l'exception d'une petite voile venant de Bénodet et d'une fumée sur l'horizon. Sylvain, marchant maladroitement sur les cailloux du bord, tâta l'eau d'un pied frileux.

– Elle est bonne? cria Simone.

Voilà pourquoi il partirait un jour! Pour avoir la paix! Pour se baigner ou ne pas se baigner, selon son caprice! Simone s'approchait. Elle s'appuya sur l'épaule nue de Sylvain et il décida que l'eau était trop froide. Il avait envie de se disputer, de saccager quelque chose ou d'insulter quelqu'un.

– On dirait la petite Denisot! murmura Simone.

– C't' idiot! grogna Sylvain. Où vois-tu?...

Mais il reconnut au premier coup d'œil la silhouette de Claudette à l'arrière du canoë. Claudette les vit à son tour car elle agita la main. Le canoë, incliné sous sa petite voile triangulaire, sautait de lame en lame, se cabrait, coiffé d'écume, piquait dans un creux et l'on n'apercevait plus que son sillage surmonté d'une légère poussière d'eau.

– Elle est complètement folle, dit Sylvain.

Le canoë passait devant eux, à moins de cinquante mètres, et la mer l'attaquait par le travers. Au coup de roulis, on distinguait la membrure pâle de l'embarcation, les longues jambes nues de Claudette et la barre en forme de fourche lui calant les reins. Sylvain porta la main à son épaule.

– Doucement! Tu me griffes.

– Mais tu ne vois donc pas! cria Simone. Elle va chavirer.

– Si ça lui plaît, bon Dieu, laisse-la faire!

La voile faséyait. Claudette, sentant la mer trop forte, essayait sans doute de virer. Le canoë se mit face à la lame, puis abattit sur tribord. Un rideau d'embruns s'envola par-dessus la voile, qui disparut dans un creux. La vague suivante souleva une épave noyée, une pagaie à la dérive.

– Pas volé! ricana Sylvain. Quand on ne sait pas manœuvrer un bateau, on fait de la bicyclette!... Regarde-la nager! Si ça fait pas mal au ventre.

Claudette, accrochée à son canoë, cherchait à l'orienter vers le rivage, mais la voile pleine d'eau alourdissait la coque submergée et le courant entraînait la jeune fille.

– Vas-y, jeta Simone.

– Quoi?... Une espèce de cinglée qui veut...

Simone était blême. Jamais Sylvain ne lui avait vu cette expression concentrée, farouche. Elle n'avait pas peur... Sylvain devait y repenser souvent, plus tard. Non, ce n'était pas la peur.

– Tu dois la tirer de là, Sylvain!

Sa voix était méconnaissable. Sylvain fit demi-tour. Elle le repoussa.

– Tu ne comprends donc rien, imbécile!

C'était donc sérieux? Il chercha des yeux le canoë. Claudette dérivait. Son bonnet de bain faisait une petite tache rouge. On aurait dit un de ces ballons d'enfant qu'une vague s'amuse à emporter, parfois, et qu'on sent tout d'un coup perdu, hors d'atteinte et voué à l'anéantissement. Sylvain hésitait.

– Serais-tu lâche, aussi? murmura Simone.

Ce « aussi » le frappa comme une gifle. Il leva la main. Ses lèvres tremblaient. Puis il marcha vers l'eau, lentement, les poings crispés.

La première vague l'éclaboussa, s'accrocha en perles à sa poitrine velue. Il mesura la distance d'un coup d'œil, plongea dans le rouleau qui déferlait, dépassa en deux brasses la zone de ressac, partit en crawl bien coulé, sûr de lui, de son souffle, de sa résistance. On allait voir! Il se chargeait de la secouer, cette petite garce! Car elle l'avait voulue, cette fausse manœuvre! N'importe quel débutant aurait été plus adroit! Et cette idée, de sortir quand tous les autres bateaux étaient à l'abri! Avec ce coup de suroît! La colère lui chauffait les membres. Il avançait à une allure de compétition. Une minute quatre aux cent mètres, un an avant. Aux Tourelles. Heureusement qu'il était là. Quant à Simone...

Ses idées se télescopaient. Sa respiration s'accélérait. « Je fume trop », pensa-t-il, en faisant quelques brasses pour souffler. Il releva la tête. Claudette n'était pas très loin. Trente mètres, peut-être. Il repartit de plus belle, les chevilles très souples, les genoux bien unis. « Elle ne risque rien mais je pourrai toujours dire que je lui ai sauvé la vie! » Il sourit dans l'eau. La fatigue, déjà, abattait son irritation. Il tourna la tête vers la rive. Diable! Le courant était sérieux. Simone n'était plus qu'une tache claire, loin derrière. La côte, vue de la surface de l'eau, semblait sauvage, soudain, harcelée par des explosions d'écume qui s'élevaient lentement le long des falaises. « Faudrait se grouiller », pensa encore Sylvain, mais il ne s'inquiétait pas vraiment. Le soleil donnait aux vagues une merveilleuse transparence. On entendait crier des mouettes, quelque part, en plein ciel. Sylvain se laissa porter au sommet d'une lame, découvrit le canoë cerné d'un clapotis savonneux. D'une détente, il l'atteignit, trouva le bras de Claudette, raide comme une barre de fer. Elle n'avait pas lâché le bordage du bateau mais elle semblait à demi évanouie, les lèvres découvrant les dents, le nez pincé, les cheveux ondulant comme des algues. Sylvain se suspendit une seconde à la coque oscillante. Son cœur cognait dur. Pas question de remettre le canoë à flot. Il fallait revenir en soutenant Claudette. Ce fut à ce moment que Sylvain eut peur. Il comprit que la volonté qui mobilise les dernières énergies, celle qui tend les nerfs quand les muscles s'épuisent, allait lui faire défaut. Simone avait disparu. L'estuaire s'arrondissait, étincelant de soleil. Il cria et l'eau lui entra dans la gorge.

Simone a dû donner l'alerte!

Cette pensée fut si nette qu'il crut qu'on avait parlé près de lui. Il récupéra d'un coup sa lucidité et, s'accrochant au plat-bord du canoë, passa son bras gauche sous les épaules de Claudette. Elle ouvrit les yeux. Des bulles sortirent de sa bouche. Ses doigts se desserrèrent et Sylvain dut nager vigoureusement des jambes pour la soutenir.

– Restez... accrochée! bégaya-t-il.

Elle n'entendait rien, s'abandonnait, et une vague les coiffant, Sylvain sentit le bateau qui se dérobait. Il lâcha prise, chercha furieusement à retrouver son point d'appui. Claudette lui saisit le cou.

– Pas de ça, hein! hurla Sylvain.

Ils coulèrent tous les deux, remontèrent à cinq ou six mètres de la voile flottant à plat, comme un drap étalé sur une prairie. Les oreilles de Sylvain bourdonnaient... Non! C'était un moteur. Sylvain, des deux mains, tordit les poignets de Claudette.

– Je les vois! hurla une voix, très loin.

Tant pis! Sylvain se rassembla, abattit son poing sur l'oreille de Claudette. Assommée, elle devint molle et son visage se couvrit de sang. C'était étrange ce sang qui fleurissait soudain autour de sa tête livide. Sylvain savait qu'il ne l'oublierait plus. Il se dégagea, devina le remous du navire, l'ombre de l'étrave. Abandonnant la jeune fille, il se jeta vers la haute coque noire qui arrivait. Il nageait, épuisé, écœuré, souhaitant vaguement de couler, d'en finir avec cette honte.

– Par ici, mon gars!

On le soulevait. Il glissait mollement sur des planches, comme un poisson gluant et suffoqué. Il se laissait aller, voyant des bottes autour de sa figure et, plus loin, des caissettes remplies de sardines.

– Croche! criait quelqu'un. Elle va piquer.

On lui soulevait la tête et il sentit un goulot sur sa bouche. L'alcool le fit pleurer.

– Je ne l'ai pas lâchée! Le coup de poing... c'est parce qu'elle... m'empêchait...

– Heureusement qu'on rentrait! dit le marin. Pas idée de faire du canoë aujourd'hui!

– Mettez-la sous le mât! commanda la voix qui dirigeait la manœuvre.

Sylvain se releva sur son coude.

– Elle... elle n'est pas morte?

Le marin but à son tour un coup de gnole, haussa les épaules.

– Vous voudriez tout de même pas!

Les hommes s'attroupaient autour du mât. Certains

rigolaient et Sylvain se retrouva debout, extraordinairement vide. Il fit quelques pas; c'était étrange, ce soleil, ces hommes vêtus de toile rouge, ces caisses de poissons et le corps de Claudette, sur les planches, son oreille déchirée d'où suintait une écume rosâtre. C'était un rêve. Sylvain sentit qu'il s'agenouillait, qu'il prenait la main de Claudette. Et Claudette, qui semblait le regarder d'un autre monde, remua les lèvres et il devina le mot qu'elle ne pouvait pas prononcer... « Merci ».

– La voilà qui se réveille! dit le patron. Passez-moi une serviette!

On repoussa Sylvain et il faillit tomber. Il était lucide, pourtant, d'une lucidité tendue, douloureuse. Il avait mal. Ce n'était pas la fatigue. Cela venait de plus loin et c'était si nouveau qu'il évitait de remuer comme un cardiaque qui attend la crise. Machinalement, il se massait la poitrine.

– Ils sont voués à la noyade dans cette famille! expliquait quelqu'un derrière lui. Déjà son père s'est noyé en face, à la pointe.

– Denisot? C'était son père?

Sylvain enregistrait tout, les paroles, la pulsation du diesel et le flap-flap des bottes sur le pont mouillé, l'odeur de l'alcool avec lequel le patron frictionnait Claudette, le miroitement du soleil sur la mer, la côte toute proche et la pointe des rochers d'où le père de Claudette était tombé, deux ans plus tôt. « Il était méconnaissable... une horreur! » avait dit Simone.

– C'est Corval qui l'a repêché. Tu lui demanderas... Il paraît qu'il avait le visage en bouillie... La mère est devenue à moitié folle...

– Un accident?

– On n'a jamais bien su! Peut-être un suicide! C'est une drôle de famille!

Le bateau taillait paisiblement sa route vers le bourg. Sylvain distinguait le bac au bout de sa laisse et le remorqueur crachant une énorme fumée. Il y avait du monde sur le môle, des gens qui faisaient des signaux, une robe claire, celle de Simone sans doute. Un matelot s'approchait à la godille. On parlait toujours dans le dos de Sylvain et l'odeur de l'alcool devenait écœurante.

– Remarque qu'on n'a même jamais su si c'était bien lui! Trois semaines dans l'eau... On a fait une enquête. C'est loin tout ça!... Un qui devait être plutôt content, c'était Fombieux. Ça arrangerait ses affaires!

– Tu le connais, lui?

– Vaguement! Un type un peu pète-sec...

Sur une bouée amarrée au rouf, Sylvain lisait le nom de la barque : *Bise-tonton*, et, à travers un hublot, il distinguait les mains du timonier sur la roue du gouvernail. On s'agitait toujours autour de Claudette.

– Là, grogna le patron. Ça va mieux... Oui, on essayera de vous le repêcher, votre canoë! Il n'est pas perdu... gardez la serviette; ça saigne encore un peu!

« C'était pour la faire lâcher, se répéta Sylvain. Je peux le jurer. »

Le petit canot se rapprochait. L'homme cessa de godiller et mit ses mains en porte-voix.

– Oh! Joseph! Tu les as?

Le patron vint s'appuyer au bordage, sous le palan. Il dit quelque chose en breton, montra Sylvain du pouce et Sylvain, gêné d'être presque nu parmi ces marins trop vêtus, ne savait plus s'il devait remercier le patron, faire un geste amical au matelot de la barque. Celui-ci évitait, d'un coup de rame, le contact du chalutier. Il fut une seconde tout près de Sylvain, dérivant à contre-bord, et il le dévisagea rudement. Puis il s'éloigna, dansant dans le sillage. Sylvain, presque humblement, se pencha, vers les formidables épaules du patron :

– Qu'est-ce que vous venez de lui raconter? Je n'ai pas bien entendu!...

L'autre se retourna, les yeux plissés, la face pleine de rides à cause du soleil.

– Elle est pourtant mignonne, cette petite, bougonna-t-il, de sa grosse voix bourrue où perçait le reproche.

Il aurait fallu lui expliquer... lui dire... Sylvain était las. L'eau salée lui emplissait la bouche d'amertume. Les images se bousculaient. Il ne devait jamais bien se rappeler les moments qui suivirent. Une file de visages apparaissaient penchés au-dessus du chalutier... Tout le monde parlait à la fois... Des filins sifflaient, se tendaient. Simone était là... elle remuait la bouche et Sylvain n'arrivait pas à l'entendre... le patron grimpait sur une échelle de fer, Claudette sur son épaule, toute blanche, les bras pendant sur le dos de toile brune... Quelqu'un l'avait poussé, lui aussi, vers l'échelle et, plus tard, il s'était retrouvé sur l'esplanade, sa main dans celle de Simone au milieu de gens inconnus qui paraissaient anxieux. La foule les entraînait vers un café, le *Café du Môle*... Anne-Marie était là, mais pas Mademoiselle... Un escalier étroit... Une chambre pleine d'hommes... Sur le lit, la jeune fille. Un grand garçon sanguin la palpait, se suspendait aux oreilles, par des tubes de caoutchouc, un appareil qu'il promenait autour du cœur de Claudette... On apportait des grogs.

– Allons, mon petit, réveille-toi!

C'était Simone qui parlait. Elle s'adresssait à lui, Sylvain. Elle semblait fière de lui. Elle ignorait, évidemment, que l'ancien Sylvain était mort, là-bas, près du canoë. Il avait suffi d'un coup de poing...

– Va, mon petit, elle veut te parler.

Le médecin griffonnait une ordonnance. Simone refoulait vers la porte les curieux et Sylvain se retrouvait, seul, devant le lit. Claudette lui tendait la main.

– Pardon! murmura-t-elle... Nous aurions pu y rester tous les deux...

– Vous ne souffrez pas?

Du doigt, il montrait l'oreille déchirée, boursouflée, violette. Elle sourit et ramena sur elle un pan de la couverture.

– Oh! ce n'est rien!

Le médecin se relisait, recommandait une potion, des gouttes, et ni Sylvain ni Claudette ne lui prêtaient attention.

– A bord, dit Sylvain, ils vous ont raconté que...

– Mais bien sûr! Vous m'avez frappée pour que je vous lâche... Alors, ils sont arrivés...

– Mais avant?

– Eh bien, quoi?... Avant, nous étions en train de nous noyer par ma faute.

Sylvain sentit que sa respiration redevenait normale. Il remarqua que Simone n'était plus dans la pièce. Le médecin refermait sa sacoche, leur serrait la main, tirait sur lui la porte en partant. Claudette se redressa pour s'assurer qu'il n'y avait plus personne.

– Ecoutez, murmura-t-elle. Ce n'est pas tout à fait un accident!... Oui, j'étais folle, ce matin!... j'ai voulu...

– Ce n'est pas vrai?

– Si... Je n'en pouvais plus! Déjà, hier, vous avez vu! Il a fallu qu'il vienne me chercher, qu'il me ramène... Je suis leur prisonnière. J'en ai assez, si vous saviez comme j'en ai assez!...

Elle était belle, à sa manière. Pas du tout pécore, comme il l'avait imaginé; nullement choquée de se trouver en tête à tête avec un garçon inconnu, vêtu d'un caleçon de bain, et de lui confesser sa tentative de suicide. Car elle avait bien essayé de se tuer, impossible d'en douter! Il n'y avait qu'à regarder son front têtu, ses yeux pleins de violence.

– Je ne pensais pas tellement à moi! reprit-elle. Je voulais surtout me venger d'eux, mais j'ai eu peur, au dernier moment, quand j'ai compris que c'était la fin... C'est terrible, vous savez! On ne revoit pas du tout son passé! On voit son avenir, au contraire, tout ce qu'on n'aura plus... J'ai vingt ans! Sans vous!...

Elle s'efforçait de rire, bravement, mais ses yeux s'emplissaient de larmes. La porte s'ouvrit brusquement. C'était Simone, les bras chargés de vêtements.

– Je viens de téléphoner au Mesnil! lança-t-elle d'un ton presque joyeux. C'est une femme âgée qui m'a répondu.

– Oui, Marguerite, notre vieille bonne. Elle m'a vue naître. Son mari, François, est aussi à notre service.

– Ils arrivent avec la voiture! En attendant, je vous apporte une robe. Elle est sans doute trop grande, mais, pour traverser le café, n'est-ce pas?... Mon frère va s'habiller dans le corridor. Attrape!

Elle lança à Sylvain son pantalon et un tricot et, le dos au mur du couloir, il s'habilla lentement. Il faudrait parler à Claudette, lui faire comprendre... lui confier... Quoi, au juste? Avait-elle vraiment besoin de connaître tout de sa vie passée? Et s'il lui fallait à tout prix se confesser, il n'avait qu'à traverser la place, entrer dans l'église! Mais Simone se chargeait bien de la renseigner. Il l'entendait, à travers la cloison.

« ... Peintre de talent... Son exposition, rue La Boétie... beaucoup d'avenir... »

Comme elle faisait bien l'article! Et maintenant le couplet obligatoire : « Il accomplit un voyage d'études dans la Bretagne du sud... il apprécie particulièrement Bénodet... »

Il faillit crier, à son tour : « Il n'a pas un rond. Il n'est qu'un pauvre bougre de rapin. Et par-dessus le marché, il est lâche, lâche!... Si ce bateau n'était pas arrivé, il vous aurait laissé couler! Pour sauver sa peau! sa sale peau! »

Il s'appuya au mur, s'essuya le front. « Et voilà où j'en suis! » pensa-t-il. J'ai voulu me débarrasser d'elle! Je ne l'ai pas tuée réellement, mais en pensée, en intention, je suis un meurtrier. Cela ne s'appelle pas autrement. Et le patron du bateau ne s'y est pas trompé, lui! Je ne suis pas capable de peindre mais je suis bien capable de tuer! Et elle me tend la main! Elle me remercie!

Le couloir s'ouvrait, à sa gauche. A sa droite, s'amorçait l'escalier descendant sur le bar. Il n'y avait pas d'issue.

– Il gagne bien sa vie! dit la voix sourde de Simone, derrière la porte.

Ce fut si brusque que Sylvain ne comprit même pas ce qui lui arrivait. Il riait; il riait aux larmes. Il riait à en crever. Et ce bateau qui s'appelait *le Bise-tonton*! Et cette Simone... Impayable! Allons! Il n'avait plus qu'à séduire Claudette... De ce côté non plus, il n'y avait pas d'issue!

Marguerite, la vieille bonne du Mesnil, le trouva sur le palier.

– C'est moi le sauveur, dit-il en s'inclinant. Par ici, s'il vous plaît.

Et il ouvrit la porte d'un geste large. Il y avait encore une cigarette dans son étui; il la fuma, une épaule à l'angle du mur, écoutant l'écho des effusions qui venait de la chambre. Puis, tout à coup, sans bruit, il descendit, entra dans le bar.

– Une fine!

Il y avait des marins qui le regardaient, et le bruit des conversations avait subitement baissé. Le patron leur avait sans doute raconté...

– Une autre!

Il se fouilla. Il n'avait pas d'argent, naturellement!

– Je n'ai pas de monnaie. Je reviendrai vous payer ce soir. Donnez-moi un paquet de *Camel*... Vous n'en avez plus? (Il ricana, regarda les marins les uns après les autres.) Alors, un paquet de gros cul!

Il sortit en claquant la porte.

III

François conduisait doucement, comme si Claudette avait eu quelque membre brisé. Il n'avait pas pris le temps de revêtir sa tenue de chauffeur et il portait encore sa vieille casquette de jardinier et un bleu rapiécé. Il parlait sans quitter la route des yeux, se taisant avant de prendre les tournants, une main sur son volant, l'autre, qui effleurait Sylvain, sur le levier des vitesses, une grosse patte déformée, avec de la terre incrustée dans les rides, et des ongles carrés. La voiture luisait de partout, une Delage périmée, aux lignes raides, toute en superstructure, mais digne, cossue, moelleuse. Le cadran des vitesses était gradué jusqu'à 160, et pourtant on avait l'impression d'être dans un landau, sans doute à cause des porte-bouquets, des accoudoirs, du léger grincement des ressorts. Deux plaques d'identité étaient fixées sur le tableau de bord. Sur l'une, de cuivre, large, gravée comme une carte de visite, on pouvait lire : *Robert Denisot, le Mesnil*; et sur l'autre, de métal blanc, étroite et ternie : *Mme Angèle Fombieux.*

Sylvain ne disait mot. Il gardait sa figure contractée des mauvais jours, sachant que Simone devait le surveiller, à travers la vitre de séparation. Claudette se disputait avec Marguerite, et l'on entendait, dans le cornet acoustique, leurs voix, déformées et nasillardes, comme au téléphone.

– Ce n'est pas gai, vous comprenez, expliquait François intarissable. Madame est toujours souffrante... toujours dans les idées noires... et Monsieur n'est pas causant. Il est vrai qu'il a pas mal d'ennuis... Ah! dame, la fabrique ne travaille plus comme au temps de ce pauvre Monsieur... Ah! Si vous l'aviez connu! C'était un artiste, celui-là, on peut le dire! Et pas fier!... Jamais il n'aurait oublié de me serrer la main, le matin. « Ça va-t-y, François? » Des fois, on buvait un petit coup de blanc ensemble, quand Madame ne pouvait pas nous voir. Ou bien il soulevait le couvercle des casseroles, et il secouait la tête. Il me semble qu'il est encore là, devant moi. « Dommage, François, que Madame n'aime pas le lard. Une bonne potée, avec beaucoup de choux, hein! C'est ça qui ferait du bien! » *Dommage!* C'était son mot!

François évita un tas de crottin, doubla une charrette de laitier.

– Il n'était pas heureux, lui non plus.

Sylvain, malgré lui, l'observait. François avait dû être très gros, autrefois. Ses joues, creusées de rides profondes comme des fentes, faisaient des poches flasques. Des rides, il en avait aussi autour des yeux, où sa peau, brûlée par le soleil, se plissait comme le cuir d'un vieux porte-monnaie, autour de la bouche, sous les paupières. Son visage était tout craquelé, mais ses yeux très clairs, sous les sourcils à la Clemenceau, étaient... Sylvain cherchait à préciser son impression. « Des yeux de gosse, pensa-t-il. Des yeux purs... voilà... purs! »

François changea de vitesse et Sylvain se rencogna, pour éviter le contact de l'épaisse main. La voiture tourna dans une allée bordée de pommiers, où la lumière était neuve, dorée, chantante. Au-dessus d'une barrière blanche, on apercevait le Mesnil, avec sa tourelle gainée de lierre, ses baies ouvertes sur le soleil, et Sylvain ferma les yeux, parce que l'image du bonheur lui faisait toujours mal.

– Pourquoi M. Denisot n'était-il pas heureux? dit-il. Il me semble pourtant qu'avec une maison comme celle-ci...

François débraya, laissa rouler la voiture jusqu'au portail. Du poing, il se frappa doucement la poitrine.

– Quand on n'a pas la paix ici, voyez-vous...

Ce fut Marguerite qui descendit, poussa la barrière.

– Et mes pommes de terre qui sont restées sur le feu! bougonna-t-elle. Petite folle! Le jour où elle cessera de nous faire tourner en bourriques... Filez! Filez! Je vous rattraperai.

Mais François l'attendait, n'osant descendre pour l'aider, car la manœuvre n'incombait pas au chauffeur.

– Elle a élevé Claudette, murmura-t-il, comme cherchant à excuser sa femme. Cette petite lui fait faire bien du mauvais sang, allez! C'est tout le caractère de sa mère. Pas méchante, au fond, mais capricieuse...

Marguerite claqua la portière; l'auto traversa le jardin, un jardin comme Sylvain en avait vu sur les catalogues d'horticulture, somptueux, bigarré, tout en reflets et en taches de couleur, et François, au passage, promenait un œil soucieux sur ses tulipes. Il stoppa devant le perron.

– Venez! cria Claudette.

Elle avait passé son bras sous celui de Simone, et Simone paraissait très jeune, tout à coup. Elle riait en se rengorgeant; son regard caressait les murs, la haute porte aux vitres teintées, puis le vestibule où des cuivres luisaient doucement. Marguerite retint Sylvain par la manche.

– Je n'ai pas trouvé le moment... Que Monsieur m'excuse... Cette gamine me rend chèvre...

Elle bafouillait. François avait retiré sa casquette et la tenait sur son ventre, oubliant que ce n'était pas sa casquette de chauffeur. Il était raide et embarrassé. Enfin il tendit sa patte d'ours.

– Si Monsieur veut bien nous permettre... C'est pour le remercier... Si Monsieur ne s'était pas jeté à l'eau...

De nouveau, Sylvain sentit un flot de sang lui monter au visage. Les deux vieux le contemplaient avec une émotion qui faisait trembler leurs lèvres. Une idée absurde traversa l'esprit de Sylvain.

– Tu viens? appela Simone.

Il s'échappa. Il avait failli dire à Marguerite : « Embrassez-moi. Comme si j'étais votre petit-fils. »

– Qu'est-ce que tu as? chuchota Simone. Si tu voyais la tête que tu fais!

Il haussa les épaules et traversa le vestibule derrière Claudette.

– C'est ici le salon, expliquait la jeune fille. On ne s'y tient plus jamais depuis que papa est parti.

Elle ouvrit une porte et alluma un lustre. Sylvain aperçut des meubles sombres, des tentures, un piano à queue, ouvert, qui résonna imperceptiblement, une toile représentant un homme au front dégarni, aux traits souriants...

– Papa, murmura Claudette. (Elle éteignit et referma très doucement la porte.) La salle à manger...

– Mais... votre maman? dit Simone.

– Eh bien, elle nous entend. Elle sait qu'il ne m'est rien arrivé. Alors?

Défi? Rancune? Colère? Chagrin? Il y avait un peu de tout cela dans la voix de Claudette, et il fallut visiter la salle à manger, puis un bureau, d'autres pièces encore, que Sylvain parcourut distraitement. Quelqu'un marchait au premier étage.

– C'est papa qui a dessiné les plans de la maison, disait Claudette. C'est lui qui a choisi le mobilier... C'est lui qui... C'est lui qui...

Elle s'adressait à Simone, poursuivant une conversation commencée dans l'auto. Là-haut, le pas hésitait. Il semblait suivre les murs. Et Sylvain devinait la silhouette : une Claudette vieillie. Il imaginait une main sèche, s'appuyant à la tapisserie.

– C'est ravissant! disait Simone.

Mais Sylvain sentait que, depuis le début de leur visite, depuis qu'ils avaient franchi le seuil du vestibule, quelque chose sonnait faux. Et la voix de Claudette aussi, sonnait faux. Il y avait eu d'abord cette remarque : « Depuis que papa est parti ». Il y avait surtout ces pièces qui semblaient inhabitées, des pièces désertes où l'on aurait en vain cherché l'odeur d'un bouquet ou d'une cigarette, l'odeur de la vie. Et soudain Sylvain comprit. Ce fut si rapide qu'il n'eut pas le temps de retenir sa question.

– M. Fombieux... où habite-t-il donc?

– Il a sa chambre au premier, à côté de son laboratoire.

Claudette aurait dû paraître gênée. Elle insistait, au contraire :

– Maman a voulu que le rez-de-chaussée reste tel que papa l'a laissé... Pauvre papa!

Elle parlait de son père non pas comme d'un mort dont l'évocation reste douloureuse, mais comme d'un vivant trahi et bafoué. Sylvain était sûr qu'elle ne disait pas toute la vérité. Elle n'arrivait pas à dissimuler une sorte de joie sourde, comme si la « présence du disparu » l'eût aidée à se venger de quelqu'un. Sans doute veillait-elle encore plus jalousement que sa mère à entretenir le souvenir de celui qui... Mais alors, ces vêtements suspendus au portemanteau du hall? La canadienne? Le feutre gris?...

Et ce pauvre bougre de Fombieux qui acceptait de vivre parmi ces reliques! N'avait-il pas un peu peur, parfois?... Sylvain, lui, ressentait une impression étrange. Il avait soudain hâte de quitter ces pièces trop silencieuses, abusivement ornées de toiles et de photos qui, toutes, représentaient le premier propriétaire du *Mesnil*. On marchait sous le regard du mort; impossible de lui échapper : ses multiples yeux accompagnaient chacun de vos pas. Certes, ils n'étaient pas méchants, ni même mystérieux. Mieux, les traits de Robert Denisot exprimaient la cordialité, l'indulgence : la physionomie d'un brave homme. Et pourtant...

– Si nous montions? proposa Sylvain.

– Justement, dit Claudette. Je vais vous montrer les chambres d'amis, vos chambres.

– Nos chambres?

– Bien entendu! Vous n'allez tout de même pas retourner dans cette affreuse pension? Ce n'est pas la place qui manque, ici.

– Mais... votre mère?

– Eh bien? demanda Claudette.

Elle ne comprenait pas l'objection. Personne n'avait à discuter ses décisions. Elle agissait à sa guise, voilà tout. Et Sylvain se rappela la pénible scène de *La Caravelle*, il revit Francis Fombieux à la fois hors de lui... et suppliant.

Il était encore temps de refuser l'invitation, de trouver une excuse. Mais non! Simone elle-même, l'orgueilleuse, la rétive Simone, si prompte d'ordinaire à se rebeller contre la volonté d'autrui, Simone, par son sourire, par toute son attitude, acceptait déjà. Elle pliait, et Sylvain lisait sur son visage une joie incompréhensible, inquiétante.

– Non, dit-il. Je vous remercie, mais c'est impossible.

– Pourquoi?

Pourquoi? Sylvain ne pouvait pas répondre, évidemment. Il ne savait même pas d'où lui venaient ses scrupules. A nouveau, il regarda Simone, avec désespoir cette fois. Elle n'avait pas le droit. Ne se rendait-elle pas compte? Pourquoi! Pourquoi! Jamais Sylvain ne s'était posé de « pourquoi? » Mais jamais non plus des yeux transparents comme ceux de Claudette ne l'avaient ainsi bouleversé.

– Vous êtes vraiment trop aimable, murmurait Simone.

Ils commencèrent à monter l'escalier de chêne clair. Sylvain venait, maintenant, le dernier, et chaque marche lui causait un effort. Il avait le sentiment d'une défaite. C'est à peine s'il accorda un regard à sa chambre et à celle de Simone, si accueillantes, cependant, avec leurs larges ouvertures sur le parc, à l'extrémité duquel on apercevait la mer, entre les branches torses de deux pins parasols.

– François va ramener vos bagages, disait Claudette. Vous resterez ici aussi longtemps qu'il vous plaira. Nous ne voyons jamais personne... à cause de maman. Toute l'aubaine est pour nous, je vous assure.

Sylvain écoutait Simone qui remerciait, intarissablement. « Elle minaude! Elle se voit châtelaine... »

Il détestait Simone. Il détestait Claudette. Il détestait *Le Mesnil*. Et surtout, il se détestait, d'une manière si nouvelle, si dure, si crue, qu'il avait soudain l'impression de se dédoubler, d'être un étranger dans sa propre peau.

– Mademoiselle te parle, dit Simone.

– Pardon?

– Je dis que vous pourrez peindre tout à loisir, reprit Claudette. Et si vous avez besoin de quelque chose, le matériel de papa est à votre disposition. Papa est un excellent peintre. Il a obtenu plusieurs médailles, à Paris...

Cela prenait les allures d'un coup monté. Sylvain en eût pleuré de rage. Simone remerciait, bien entendu. Elle ne savait plus faire autre chose. Et ce ton obséquieux, qui lui venait spontanément, cette voix de larbin à l'affût du pourboire!

– Peut-être accepterez-vous de faire mon portrait? dit Claudette.

Sylvain ricana, mais ses ongles lui perçaient les paumes. Pour sûr, il le lui ferait, son portrait, avec un œil au milieu du front, des joues vertes et des dents de requin. Claudette attachait toujours sur lui ses yeux que la lumière traversait comme une eau de source.

– Avec joie! dit Sylvain.

L'humiliation lui tordait la bouche. Ils sortirent, et Claudette leur désigna d'autres chambres.

– François et Marguerite habitaient là, autrefois, avant l'arrivée de mon beau-père... Maintenant, ils occupent le pavillon, à l'entrée de la propriété.

Comme Sylvain les comprenait, ces deux-là! Il se promit de leur rendre souvent visite.

– Au fond du couloir, c'est la chambre de M. Fombieux, poursuivait Claudette. Le laboratoire est derrière... Et voici la chambre de maman. (Elle ajouta, très vite, comme pour prévenir une question qu'il lui aurait été désagréable d'entendre :) Moi, j'habite audessus... directement sous le toit, en face du grenier... Je suis seule, là-haut... Je n'ai pour voisin que les souris et les chouettes...

Sylvain, qui la devinait comme il n'avait jamais deviné personne, compris ce qu'elle voulait taire. Le premier étage, l'étage de sa mère et de son beau-père, n'existait pas pour elle. Au rez-de-chaussée, « vivait » l'ombre de Robert Denisot. Et au second, elle vivait, elle, la petite vestale obstinée; son pas, la nuit, devait rappeler à Fombieux qu'il était un intrus, un indésirable... un ennemi!

Simone, si prompte, d'habitude, à saisir les plus rapides arrière-pensées, ne sentait-elle donc pas combien ils étaient peu à leur place dans cette maison? Au contraire, elle marquait son désir de s'incruster. Elle demandait à saluer Mme Fombieux, et Claudette frappait à la porte de sa mère, poussait, sans même attendre, Simone dans la chambre. Sa gaieté sonnait de plus en plus faux.

Sylvain entra, vit une femme d'une quarantaine d'années, étendue sur une chaise longue, auprès d'une baie aux volets mi-clos. Il aurait parié qu'un instant avant elle écoutait à la porte. Maintenant, elle tendait à Simone sa longue main pâle, d'un geste épuisé. Elle était beaucoup plus belle que Claudette, mais d'une beauté un peu tragique, qui ne manquait pas de noblesse. Sylvain se rappela une lointaine soirée au Théâtre Français. On jouait Phèdre, et Phèdre avait ce port de tête accablé, ce masque à la fois crispé et dolent.

Claudette racontait, très vite, ce qu'elle appelait son

aventure : « Ma voile s'est couchée... Sans l'intervention de Sylvain, je veux dire de M. Mézières... »

Simone tourna la tête, feignit de regarder un tableau. Un tableau signé Denisot. Mme Fombieux semblait sur le point de perdre connaissance. Ses lèvres étaient devenues grises... Et Claudette achevait son récit, sur un ton de badinage qui exaspérait Sylvain, parce qu'il n'arrivait pas à saisir la nature de la comédie qui se jouait devant lui.

– Tu me tueras, ma pauvre enfant ! chuchota Mme Fombieux. Je ne sais comment vous exprimer ma reconnaissance, monsieur...

– Ne vous fatiguez pas, maman ! Vous aurez tout le loisir de le remercier puisqu'il veut bien rester quelque temps au *Mesnil*, avec Simone.

Fine mouche ! Elle rattrapait, par cette familiarité nouvelle, le « Sylvain » qu'elle avait laissé, tout à l'heure, échapper. Et elle forçait sa mère à accepter la situation. Sylvain guettait Mme Fombieux, qui inclina simplement la tête en signe d'assentiment. Impossible de savoir si l'invitation de Claudette lui était ou non agréable. Et pas le moindre reproche à sa fille. Du moins pour le moment. Car Sylvain imaginait sans peine, dans cette vaste chambre ensoleillée, où seuls devaient parvenir des chants d'oiseaux et le bruit du vent dans les pins, de terribles querelles à voix basse, d'effrayantes menaces... Claudette n'avait-elle pas précisément cherché, par sa prompte invitation, à interrompre son tête-à-tête quotidien avec cette femme en apparence à bout de force mais probablement tyrannique ?

Simone entreprenait la conquête de Mme Fombieux, dont la pâleur s'effaçait peu à peu. La gêne s'atténuait. Cependant Sylvain demeurait tendu, inquiet. Tout lui déplaisait, dans cette chambre, à commencer par son odeur, une odeur de pharmacie, douceâtre, chimique, qui éveillait des images d'amputation, de bistouris et de pinces nickelées. Et pourquoi n'y avait-il pas de fleurs, alors qu'elles abondaient dans le jardin? Et pourquoi ce prie-Dieu au chevet du lit?... Cet énorme bouquin noir, sur la table de nuit, une Bible sans doute! Pourquoi cette nudité excessive, ce dépouillement orgueilleux? Peu de meubles, pas de miroirs, pas un ornement, juste ce tableau représentant Mme Fombieux, les bras alourdis d'une gerbe de soleils. De quoi Mme Fombieux voulait-elle se châtier?

Sylvain, lui aussi, commençait à se sentir prisonnier. La scène de *La Caravelle*, l'épisode du canoë, tout s'éclairait sourdement de significations encore imprécises, mais redoutables. Hélas! Pourquoi fallait-il que Claudette l'eût rencontré, lui, Sylvain?...

Une auto s'arrêta devant le perron. La mère et la fille échangèrent un regard, si rapide que Sylvain ne put l'interpréter.

– Mon mari, dit Mme Fombieux.

Et la chambre fut, de nouveau, chargée d'un air empoisonné. Ils demeurèrent immobiles, tous les quatre, écoutant le pas qui traversait le hall. Un pas qui se hâtait de franchir, en bas, la zone interdite, qui claquait rapidement sur les premières marches de l'escalier, puis devenait de plus en plus léger, de plus en plus lent.

– Fais-le entrer, dit Mme Fombieux. Il faut bien qu'il sache...

Qu'il sache quoi? L'accident? ou l'invitation? Qu'est-ce qui l'affecterait le plus?

Claudette ouvrit la porte et Francis Fombieux s'arrêta, interdit, sur le seuil de la chambre. L'espace d'une seconde, ils virent son visage, son *vrai* visage, puis Fombieux composa ses traits, retrouva instantanément une expression froide, un peu ironique.

– Excusez-moi... Je vous dérange... J'ignorais qu'il y eût des visites...

Mais Sylvain savait, maintenant, que Fombieux

jouait un rôle. Ils jouaient tous, y compris Simone. Et lui-même, ne jouait-il pas le rôle du bon-jeune-homme-qui-a-sauvé-l'imprudente?

– Claudette a failli se noyer, expliqua Angèle Fombieux... C'est M. Mézières qui l'a arrachée à la mort... au péril de sa vie.

Elle parlait comme une héroïne de feuilleton. Elle devait aimer le drame et les grands sentiments. Fombieux s'inclina. Il était gauche, hésitait à tendre la main, il bredouillait des remerciements si plats, si conventionnels, si peu spontanés, qu'on pouvait se demander si, au contraire, il ne maudissait pas l'intervention de Sylvain... Pour rompre le silence, soudain insupportable, Claudette murmura :

– M. Sylvain Mézières est un peintre connu...

Le renseignement sonnait comme un reproche à l'adresse de Fombieux.

– Oh! Connu... Il ne faut pas exagérer! dit Sylvain.

Sans raison, il prenait parti pour Fombieux, qui sourit légèrement.

– Ravi de vous connaître, dit-il. Vous êtes ici chez vous.

Un rien d'emphase moqueuse pour souligner : chez vous. Ils auraient de la chance, les nouveaux venus, s'ils arrivaient à oublier qu'ils étaient les hôtes de Robert Denisot. Mais était-ce bien là ce que voulait sous-entendre Fombieux?

– Excusez-moi, reprit-il. J'ai un travail urgent à terminer. Je vous rejoindrai en bas, tout à l'heure. (Et, tourné vers sa femme :) Pas trop lasse?

– Pas trop. Mais je ne pourrai descendre déjeuner.

– Dommage! dit Fombieux.

Il avait adopté le mot favori de Robert Denisot. Dommage! Mais ce mot devait spontanément venir aux lèvres, dans cette étrange maison que les promeneurs admiraient de la route.

– Allons visiter le jardin! proposa Claudette.

Sylvain espérait se retrouver, une fois à l'air libre, se soustraire à l'envoûtement. Mais trop d'émotions l'avaient épuisé, trop d'impressions ambiguës et de pressentiments s'étaient emparés de lui. Il marchait entre Claudette et Simone, sombre, insensible aux tulipes, aux roses, au parfum sucré qui flottait sous les pins. Un instant, il crut apercevoir Francis Fombieux, immobile derrière les rideaux de sa chambre. Absurde! Pourquoi Fombieux eût-il épié leur innocente promenade?

– Je regrette de vous abandonner ainsi, dit-il brusquement à Claudette. Mais il faut que je me repose un peu.

– Va, mon petit... C'est trop naturel, fit Simone, avec cette intonation de mère poule qui, toujours, l'avait mis hors de lui.

La porte de sa chambre à peine refermée, Sylvain éprouva le silence du *Mesnil.* Un silence presque insoutenable, qui était l'opposé de celui, si apaisant, de la nature, un silence qui semblait fait de tout autre chose que de la seule absence de bruit. Le vide! tel qu'il doit régner, la nuit, dans les musées, dans les églises. Un vide solennel... Ce genre de vide contre quoi se défendait Sylvain, enfant, quand il implorait une veilleuse pour s'endormir, et que, plus tard, il avait combattu à force de musique, de mouvement, d'agitation, de plaisir... Maintenant, il était bien obligé de plonger dans ce vide vertigineux, de se voir, tel qu'il était, et il avait peur... peur... Peur comme Angèle Fombieux... comme Francis Fombieux... comme Claudette...

Il se jeta à plat ventre sur son lit. Simone l'abandonnait. Il était seul. Il avait toujours été seul et faible. Il lui aurait fallu... Mais comment y voir clair parmi tant de sentiments opposés? Est-ce donc si difficile d'être propre... simple... heureux?... Qu'est-ce qui l'empêchait d'aller trouver Claudette, de lui dire...

Mais comment faire pour découvrir les mots qui

dévoilent les vraies intentions, sans les trahir? Les mots n'ont pas des nuances infinies, comme les couleurs. Ils ne respectent pas les demi-teintes, les clairs-obscurs, les désirs qui n'osent pas, les remords impuissants... Lui dire, peut-être : « Je ne suis pas méchant, mais je ne suis pas bon non plus... Je suis lâche... » Seulement, voilà bien un mot, justement, qui ne signifie rien, ou qui signifie trop... « Lâche, c'est faux. Je ne suis pas lâche. »

– Qu'est-ce que tu as, mon petit Sylvain ?

Simone était là, près du lit. D'un élan, Sylvain lui prit la main.

– Allons-nous-en, Simone, tu m'entends... Il faut partir...

Elle s'assit, caressa le front de Sylvain.

– Fou! De quoi as-tu peur, puisque je suis avec toi?

– Mais Claudette...

– Eh bien, Claudette est une petite personne volontaire, égoïste, pas très jolie... mais intéressante! Nous arriverons à bien nous entendre avec elle, tu verras.

La cloche du déjeuner sonna, à petits coups, comme une cloche de couvent.

– Et puis, nous ne serons peut-être pas obligés de rester longtemps ici, dit Simone.

IV

Juin approchait. Sylvain et Simone habitaient toujours au *Mesnil*. Sylvain, malgré sa répugnance, avait consenti à utiliser les toiles, les pinceaux, les couleurs de Robert Denisot. Il peignait dans le jardin ou sur la terrasse qui, derrière la maison, prenait vue sur un large horizon de bois mauves et de landes, parsemées d'énormes roches, lisses et noires comme des baleines échouées. Simone cousait. Claudette arrangeait des bouquets, tricotait un cardigan pour sa mère, posait pour Sylvain. Mme Fombieux descendait un instant au jardin, après le déjeuner. Elle s'installait sur une chaise longue, les jambes entourées d'une légère couverture. Et Fombieux, deux fois par jour, rentrait de Quimper dans sa Simca, toujours affairé, toujours taciturne, toujours ombrageux.

Calmes journées de vacances. En apparence! Mais Simone entendait Sylvain qui, parfois en pleine nuit, arpentait sa chambre et parlait à mi-voix. Sylvain surprenait souvent, tandis qu'il travaillait devant sa toile, une flamme un peu trouble dans les yeux de Claudette, une brusque rougeur à ses pommettes. Claudette surveillait sa mère qui, depuis quelques jours, ne pouvait plus toucher un verre sans le casser, et se plaignait sans cesse d'avoir froid, alors qu'il faisait 28° à l'ombre. Quant à Fombieux, il était impénétrable, mais il ne pouvait voir sa femme compter des gouttes ou aligner des cachets sans pincer les narines et retenir, entre ses dents, quelque chose comme un cri ou une insulte.

On ne s'ennuyait pas. On ne s'amusait pas. On attendait. L'ombre de la tourelle tournait lentement, sur les gazons; le soir, on s'attardait sur la terrasse. Les visages s'enflammaient d'un feu étrange, tandis qu'on regardait le couchant qui n'en finissait plus de se survivre, dans une marée de sang. Quelquefois, la main de Claudette rencontrait celle de Sylvain, et Sylvain serrait le poing, essayait doucement de se dégager, puis laissait prendre ses doigts où le sang battait comme dans un mal blanc. C'était ces nuits-là qu'il marchait longtemps dans sa chambre. Lui, du moins, savait, depuis le premier jour, qu'il y avait quelqu'un entre eux : d'une manière inexplicable, Robert Denisot était présent au *Mesnil*. Non seulement il occupait le rez-de-chaussée de la maison, mais encore, mais surtout, il occupait les pensées, et c'était peut-être pour tenir à distance son ombre vigilante qu'on poussait, le soir venu, tous les verrous, qu'on tournait soigneusement les clefs dans les serrures, qu'on se barricadait avec méthode, sans un sourire, sans un mot d'explication, comme on passe la visite de chaque pièce, aux colonies, pour déjouer les ruses des araignées et des serpents.

Sylvain avait voulu en avoir le cœur net. Au cours d'une de ses quotidiennes visites au pavillon, il avait interrogé François. Il aimait l'intérieur des deux vieux domestiques, l'horloge radoteuse, qu'il fallait remettre à l'heure plusieurs fois par jour, le buffet antique où Marguerite enfermait le sucre, les confitures, les restes de viande; parfois, il se coupait une tranche de lard ou de bœuf bouilli, qu'il mangeait à la paysanne, sur une tartine, tout en bavardant avec François. « Comme le pauvre Monsieur! » disait ce dernier.

– Mais enfin, commença Sylvain, que s'est-il passé au juste? M. Denisot est-il tombé accidentellement, ou bien...

Marguerite écossait des pois qui tombaient en crépitant dans une bassine, et François la regardait du coin de l'œil, hésitant.

– Moi, je reste persuadé qu'il a eu un vertige. Il devait se tenir trop près du bord. Il aura perdu l'équilibre... Marguerite, elle, pense autrement.

– Un vertige, répéta Sylvain. Est-ce qu'il était sujet...

Marguerite lançait ses pois nerveusement, de plus en plus vite, et François faisait tourner à toute allure la petite meule sur laquelle il aiguisait un couteau dont la lame usée n'était pas plus longue que le doigt.

– Il s'entendait bien avec... sa femme? demanda Sylvain.

L'acier grinçait sur la meule. François n'avait pas l'habitude de répondre à la légère.

– Tu peux bien lui dire, fit Marguerite.

Il lâcha la poignée de la meule, qui continua à tourner; distraitement, il entailla le bord de la table.

– Nous, comme de bien entendu, on est en dehors

de tout ça... Mais tout de même, on est bien obligés de voir des choses, d'entendre... Mettez-vous à notre place!

– Elle a été souvent bien imprudente, dit Marguerite.

– Si tu vas par là, grogna François, il n'était pas beaucoup plus raisonnable.

Il s'agissait, visiblement, d'une vieille querelle que les deux domestiques devaient reprendre, inlassablement. Marguerite, sans remuer ses genoux encombrés de cosses vertes, étendit le bras et baissa la flamme du gaz sous une casserole où l'eau commençait à bouillir.

– Il faut vous dire que M. Fombieux est entré à la fabrique du vivant de Monsieur.

Sylvain était maintenant habitué à cette façon, assez particulière, de s'exprimer. Monsieur, tout court, c'était le vrai Monsieur, le vrai maître du *Mesnil*, Robert Denisot. Tandis que M. Fombieux, c'était l'usurpateur, celui qu'il fallait bien appeler : « Monsieur », mais qui n'avait aucun droit à ce titre.

– Qu'est-ce qu'il faisait, avant? dit Sylvain.

– M. Fombieux? Il était dans l'armée. Il a été... vous savez...

– Dégagé des cadres, précisa François.

– C'est alors qu'il est entré à la fabrique; mais les faïences, ce n'est pas son affaire! Monsieur, très bien! C'était un artiste, lui. Si vous l'aviez vu... Quelquefois, tout en causant avec nous, il arrachait un morceau de mie de pain, et s'amusait à le pétrir. Il avait des doigts... Il faisait tout ce qu'il voulait, par le fait. Des petits bonhommes qui marchaient, qui dansaient, qui jouaient du biniou... Est-ce que j'exagère, François?

Et François qui, maintenant, manœuvrait tout doucement sa meule, pour ne pas couvrir la voix de sa femme, opina d'un air grave.

– Un capitaine! Pensez un peu! reprit Marguerite.

C'est bien simple, depuis qu'il dirige la fabrique, rien ne va plus comme avant.

– Pour ça! appuya François... Tenez, m'sieur Sylvain, passez-moi donc le chiffon mouillé... Merci... Moi, on m'a affirmé, à Quimper, qu'il ne pourrait plus continuer longtemps.

– Les Fombieux ont pourtant de la fortune, dit Sylvain.

Marguerite haussa les épaules, et des pois s'en allèrent rouler jusque sous l'horloge.

– C'est elle qui est riche. Lui n'a rien. Rien! C'est bien pour ça...

– Tu vas encore dire des bêtises, protesta François... Marguerite n'aime pas Fombieux, voilà! Si on l'écoutait, Fombieux serait cause de tout... de la disparition de Monsieur... de la liquidation de la fabrique... Pour un peu, elle l'accuserait de vouloir se débarrasser aussi de Claudette et de Madame...

– Je sais ce que je sais, grommela Marguerite.

– Bah! Tu n'en sais pas plus que les autres. (Il sortit de la poche de son tablier une blague de cuir brut et bourra son brûle-gueule.) Il y a des choses pas claires, je le reconnais... Fombieux était reçu ici, du vivant de Monsieur. Madame... C'est une excellente personne, notez bien... Mais enfin... Fombieux n'est pas mal... C'est même plutôt un beau gars... Le pauvre Monsieur approchait de la cinquantaine, lui... Et puis, il aimait la chasse, la pêche... Il s'absentait des trois, quatre jours... Peut-être bien aussi qu'il ne s'absentait pas tout seul...

François tortilla un coin de journal, l'enflamma au gaz, alluma sa pipe l'œil à demi fermé. Puis il écrasa, de la pointe du sabot, les flammèches qui noircissaient le plancher.

– Tout ça, bien sûr c'est des suppositions... Mais c'est pour dire que Madame n'avait peut-être pas tous les torts.

– Enfin, dit Sylvain, si je vous comprends bien, elle et Fombieux...

– Rien n'est moins sûr. Fombieux était seulement aux petits soins pour elle. Il lui apportait des coussins, lui racontait ses campagnes au Maroc... Madame aime bien être chouchoutée...

– Bref, le mari aurait découvert..., brusqua Sylvain qu'exaspéraient ces réticences. Cela expliquerait qu'il se soit...

Marguerite intervint avec une violence inattendue :

– Qu'il se soit détruit, voulez-vous dire? C'était pas un homme à se détruire. (Elle tendit son poing rempli de petits pois, comme pour un serment solennel.) Moi, je mettrais ma main au feu qu'il est parti... Et la petite pense comme moi... Et Madame aussi. Elle est même persuadée qu'il reviendra... Il n'y a qu'à la regarder.

– Il a pourtant bien fallu que le corps soit identifié.

Elle eut une grimace de répulsion.

– Si vous aviez vu ce cadavre, vous ne parleriez pas comme ça, monsieur Sylvain. Elle a été la seule à le reconnaître... Dame! Fallait bien. Autrement, elle n'aurait pas pu se remarier...

– Qu'est-ce que vous allez chercher là!

Marguerite se tut, un peu vexée. François, soucieux, réprobateur, fit claquer la lame de son couteau, avant de le glisser dans la vaste poche de son tablier, où il enfouissait pêle-mêle son tabac, sa pipe, de la ficelle, des paquets de graines et jusqu'à son sécateur.

– Voyons, insista Sylvain, si Mme Fombieux avait eu le plus léger doute, jamais elle n'aurait osé... Robert Denisot aurait la partie trop belle. Enfin, imaginez qu'il reparaisse... Vous voyez la situation.

– Vous ne la connaissez pas, murmura Marguerite, d'un ton subitement craintif. Elle est tellement... exaltée!

– Mais Fombieux, lui, ne donne pas précisément l'impression d'un bonhomme qui perd la tête!

– Un ambitieux! Un ambitieux qui comptait s'enrichir avec l'usine... Seulement, je commence à croire qu'il a raté son coup.

Ils n'étaient pas allés plus avant, ce jour-là. Et Sylvain était demeuré obsédé par ces étranges confidences. Il les avait rapportées à Simone, un matin, alors qu'ils prenaient, seuls, leur petit déjeuner sur la terrasse.

– Et alors? avait simplement dit Simone.

Elle voulait, manifestement, ne rien voir, ne rien comprendre. Elle était apparemment la seule qui se sentît à l'aise au *Mesnil*... A moins qu'elle ne cachât supérieurement son jeu.

Son jeu?... Sylvain n'avait nulle peine à le percer à jour. Et ce n'était pas la moindre des raisons qui le tenaient les yeux grands ouverts, dans l'obscurité de sa chambre, tandis que les chauves-souris voletaient devant la fenêtre.

Rageusement, il se remettait au portrait de Claudette et, durant des heures, il essayait de fixer sur la toile l'âme changeante, secrète et violente de la jeune fille. Il y parvenait, d'ailleurs. Et il trouvait, dans l'orgueil de la réussite, un apaisement passager. Oui, il avait du talent... La preuve : une touche de couleur, l'œil vivait, une autre touche, et le fond du regard trahissait l'âpreté... Sylvain ne savait plus s'il était amoureux du tableau ou du modèle. Mais jamais non plus il n'avait obtenu, jamais éprouvé quelque chose d'aussi fort, d'aussi poignant, d'aussi doux... d'aussi terrible.

Un soir, Fombieux s'arrêta devant le chevalet.

– Je ne suis, certes, pas très qualifié..., murmura-t-il. Mais cela me semble diablement fort!

Et Sylvain ne fut pas loin de penser que Marguerite n'était qu'une vieille bête.

Fombieux prit l'habitude de se rendre directement sur la terrasse, dès son arrivée au *Mesnil*. Il restait debout, près de Sylvain, le regardant travailler. Il observait sa façon de mélanger les couleurs, de tenir son pinceau par l'extrémité du manche, d'effleurer la toile à petits coups brefs. On le sentait attentif, concentré, désireux d'apprendre. Il posait des questions. Quelquefois, c'était Simone qui répondait; à force d'entendre Sylvain, elle avait acquis toute la théorie du métier, elle en connaissait tous les trucs. L'horrible tension se relâchait un peu; Fombieux s'apprivoisait lentement. Il finit par inviter Sylvain à visiter son laboratoire.

C'était, tout au bout du couloir, une vaste pièce d'où l'on apercevait un morceau de route, les toits de Bénodet et une mince bande d'océan qui se confondait presque avec le ciel. Des rayonnages couvraient les murs; un petit four électrique avait été installé sur un ancien guéridon de jardin et, un peu partout, sur les tablettes, les chaises et même le parquet, traînaient des pots de grès de toutes les dimensions. Ils étaient pleins de poudres colorées, de terres, de cristaux et de produits chimiques. La tapisserie était maculée, parsemée de taches vertes, bleues, jaunes... Le lavabo contenait encore une eau rougeâtre, où se diluaient lentement de lourdes volutes de carmin. Et les pieds écrasaient une fine poussière craquante où le moindre rayon de soleil allumait de minuscules arcs-en-ciel. Fombieux ne songeait même pas à s'excuser de la saleté, du désordre. Il avait saisi son compagnon par le bras et il parlait, avec une volubilité qui semblait à Sylvain à l'opposé de sa nature, une volubilité de reclus brusquement libéré.

– Comprenez ma situation, monsieur Mézières. Si je m'obstine à fabriquer dans les tons noirs et citron d'avant-guerre, aucun doute : je saute. La concurrence est devenue trop dure! On achète, maintenant, des faïences de Pornic; vous connaissez? Des sujets tout simples, sans doute, mais d'une richesse de coloris inconnue il y a seulement cinq ans. Le coloris, aujourd'hui, tout est là. Seulement, moi, je ne puis me contenter de produire des assiettes peintes. Il me faut sortir, comme autrefois, des statuettes, des groupes, des sujets importants, mais dans une gamme de coloris complètement renouvelée...

Il s'était essuyé le front, en parlant, et il y avait déjà, sur sa peau, un frottis bleuâtre. La couleur semblait en suspension, dans cette pièce encombrée. Le plus petit déplacement d'air soulevait d'infimes tourbillons polychromes, et l'on respirait de l'indigo, de la terre de Sienne, dont on voyait passer les molécules brillantes sur le fond doré de la fenêtre.

– J'essaye, poursuivait Fombieux. Tout est nouveau pour moi, dans ce métier... (Il désignait des morceaux de glaise, grossièrement façonnés, mais bariolés de couleurs vives.) Si j'avais un personnel plus jeune, plus hardi, tout serait simple. Mais c'est tout juste si l'on ne se moque pas de moi, à la fabrique, quand je parle de moderniser nos méthodes et de chercher de nouveaux débouchés.

Il tripotait les coupelles où il dosait ses mélanges, tout seul, quand la maison dormait, et ses doigts se couvraient d'un étrange pollen bigarré. Ce qu'il ne disait pas, ce qu'il ne pouvait dire, c'est que ses contremaîtres, ses ouvriers, tout le vieux personnel de Robert Denisot ne voyait qu'orgueil ou jalousie dans cette volonté de leur nouveau patron de rompre avec les antiques méthodes, c'est que toute innovation apparaissait, aux yeux des fidèles compagnons du disparu, comme une offense à sa mémoire, une manière de trahison. Mais tout cela, Sylvain le comprenait sans peine, et l'échec de Fombieux lui faisait oublier le sien. Non, décidément, il n'était pas antipathique, ce Fombieux!

– Ce qu'il faudrait, dit Sylvain, c'est que vous les placiez face à l'évidence, que vous leur apportiez un modèle... la pièce décorée devant laquelle ils seraient bien forcés de s'incliner.

– Voilà! fit Fombieux soulagé. Mais y parviendrai-je jamais?

Un silence régna. « Il va me proposer de travailler avec lui », songea Sylvain. Fombieux souleva un linge humide, découvrit une cruche au galbe un peu gauche, mais d'une matière curieuse, veinulée comme du batik. Il guettait le jeune homme.

– Eh bien!... Voilà qui est charmant! dit Sylvain.

Fombieux attendait quelque autre mot plus chaleureux, plus spontanément admiratif. Il laissa retomber le linge.

– Les choses charmantes sont à la portée du premier venu, monsieur Mézières. Ou bien je découvrirai un procédé vraiment original, ou bien...

Sa main ébaucha dans l'espace un geste découragé.

« Permettez-moi d'essayer, faillit s'écrier Sylvain. Il me semble que je pourrais vous apporter... »

Il n'osa, et Fombieux ne demanda rien. D'un commun accord, ils abrégèrent la visite. Pendant deux jours, Fombieux ne parut pas sur la terrasse.

Puis il revint, toujours aussi distant, aussi avare de paroles et de gestes. Il écoutait Simone, fumait une cigarette, s'excusait... Sans doute s'enfermait-il, jusqu'au dîner, dans son laboratoire.

Il lui arrivait, parfois, de téléphoner. L'appareil était au salon. On entendait sa voix sèche d'ancien officier, qui donnait envie d'être insolent. Fombieux ne devait savoir s'y prendre avec personne, fournisseurs, voyageurs, créanciers. Et pourtant, Sylvain aurait voulu posséder sa froideur hautaine, son ton coupant. Il aurait voulu marcher droit dans la vie, menton tendu, sans s'occuper des protestations, des sarcasmes. Fombieux, malgré tout, représentait une force, mal employée peut-être, mais une force qui lui permettait d'affronter sans broncher l'opinion, notamment l'opinion de ses proches. Claudette se moquait de lui presque ouvertement, Marguerite cachait à peine son mépris. Fombieux demeurait calme, détaché. Il semblait seulement pétrir quelque chose du bout des doigts. Enervement? Idée fixe?

– Moi, il finit par me faire peur! avoua Simone.

– J'ai pourtant l'impression que tu es la seule à trouver grâce devant lui.

Simone et Sylvain évitaient avec soin de faire bande à part, mais ils profitaient de tout instant de solitude pour échanger quelques hâtives réflexions.

– Enfin, tu ne sens pas qu'il terrorise ces deux malheureuses?

– Est-ce lui qui les terrorise?... Quoi qu'il en soit, il te fait plutôt les yeux doux... Si, si, je sais encore regarder.

Simone n'avait rien répondu. Mais, le lendemain, quand Francis Fombieux était venu jeter son habituel coup d'œil au portrait, elle s'était montrée plus enjouée encore qu'à l'accoutumée. Soudain, il avait jeté sa cigarette, après deux ou trois rapides bouffées, et s'était retiré sans prononcer un mot. Claudette avait raison. Un type *impossible!*

Impossible! Angèle l'était bien davantage. Un pas sur le gravier la faisait, maintenant, sursauter, et Sylvain avait remarqué qu'elle s'asseyait toujours de manière à sentir un mur derrière elle, comme si les portes et les fenêtres avaient constitué de mystérieuses menaces. Mai s'achevait et, chaque jour, elle devenait plus inquiète, plus versatile. Tantôt elle riait avec Claudette, évoquait de lointains souvenirs : elle parlait beaucoup de l'Italie, où elle avait passé quelques semaines avec son premier mari. Tantôt elle demeurait enfermée dans sa chambre, et Marguerite remportait les plats refusés, en marmottant.

« Heureusement que vous êtes là! » glissait Claudette à l'oreille de Sylvain.

Il était à bout, il allait chercher refuge auprès des vieux domestiques. Invariablement, il trouvait Marguerite penchée sur ses casseroles, ses poêles, ses fait-tout. Angèle Fombieux s'était, en effet, avisée que les « odeurs alimentaires » lui donnaient la migraine, et avait décidé que les repas seraient, désormais, confectionnés au pavillon. D'où une invraisemblable complication du service, Marguerite ou François devant faire une incessante navette et réchauffer, le plus souvent, à la cuisine du *Mesnil*, les mets refroidis.

Sylvain s'amusait à hacher le persil, à gratter les carottes. Marguerite parlait de Claudette qu'elle avait élevée, de « Monsieur ». Elle expliquait que la petite serait riche, à la mort de sa mère.

Sylvain évitait, maintenant, de mettre la conversation sur le drame, car non seulement les explications du couple devenaient de plus en plus confuses, mais les contradictions y abondaient. A tel point que chaque nouvelle discussion, au lieu d'éclairer les faits, les rendait au contraire plus obscurs. Pourtant, ce jour-là, dernier du mois, son angoisse fut trop forte.

– Enfin, que je sache, il ne s'est rien passé de nouveau, ici. Qu'est-ce qu'ils ont tous? Pourquoi Mme Fombieux est-elle si agitée depuis une semaine? Et depuis ce matin, surtout. Qu'est-ce qui l'effraie ainsi?

– Comment! s'exclama Marguerite, vous ignoriez que c'est le 1er juin que Monsieur... Il y aura demain juste deux ans...

Elle-même ne semblait pas très rassurée et François ne soufflait mot.

Le soir, Mme Fombieux ne parut pas dans la salle à manger. Claudette avait les yeux troubles et Fombieux était d'une humeur de dogue. Le temps devint lourd, des éclairs de chaleur embrasèrent le couchant. Simone, tout à l'extrémité de la terrasse, regardait monter l'orage. Sylvain la rejoignit.

– J'en ai assez. Je vais tout plaquer.

– Tu es ridicule, mon petit. Termine au moins ton tableau. Il est remarquable, je t'assure.

– Possible! Mais si tu savais combien je peux me moquer de tout ça, à présent!

Elle tourna vivement la tête.

– A présent?

Il haussa les épaules, soupira.

– Ah! Tu peux dire que tu nous a fourrés dans un sacré pétrin!

Des gouttes de pluie tombèrent, lourdes et tièdes. Sylvain monta dans sa chambre, sans même souhaiter bonsoir à Simone. Il passa une partie de la nuit accoudé à sa fenêtre, contemplant les grands éclairs silencieux qui illuminaient le jardin. Peut-être attendait-il, lui aussi, le retour de « Monsieur ».

Mais il n'aperçut qu'un chat, qui trottait dans l'allée, emportant dans sa gueule quelque chose qui se débattait.

V

– La situation est claire. Nous n'aurons pas de quoi payer les ouvriers à la fin de la quinzaine.

Fombieux sentit le ton imperceptiblement agressif de Le Bihan. Le caissier se tenait debout au milieu du bureau. Il avait refusé de s'asseoir, refus qui devait, dans son esprit, se charger d'un sens précis.

– Bellec nous doit quatre cent cinquante mille francs, dit Fombieux, et j'attends une assez grosse rentrée de Paris. Nous devrions réunir un million avant la fin de la semaine.

– Bellec ne paiera pas, observa Le Bihan. Voilà deux mois qu'il trouve des prétextes, et nous sommes le 1er...

– Je le sais! coupa Fombieux.

Le 1er juin! Tout semblait s'acharner à lui rappeler cette date. Au point qu'il se demandait s'il rentrerait coucher au *Mesnil.* S'il y rentrerait jamais!

Tout abandonner! Disparaître! Partir pour l'étranger. Les pays ne manquent pas où un officier, ayant gardé le goût du baroud, peut encore s'édifier une vie à la mesure de ses ambitions.

Mais non! Fombieux n'avait pas l'habitude de reculer devant l'obstacle. Ce million, tonnerre de Dieu! il se le procurerait. Sa bataille était là, pour l'instant! Une bataille sans envergure, soit. Plutôt une rixe! N'empêche que, s'il était incapable de gagner ce méprisable combat, il ne lui resterait plus...

Le Bihan attendait, un peu trop raide, un peu trop conscrit. C'en devenait provocant.

– Asseyez-vous, Le Bihan... C'est un ordre.

– Bien, monsieur.

Il s'assit au bord d'une chaise, tendu, l'air offensé.

Misère! Qu'est-ce qu'ils avaient donc tous? Sous ses allures de bon papa, Denisot était vingt fois plus dur que lui, Fombieux. Pour un oui, pour un non, il vous flanquait un type à la porte. Et pourtant, tout le monde l'approuvait, tout le monde l'aimait. Car c'était vraiment de l'amour. Quand on l'avait enterré... Ah! Assez! Assez!

– Je vais téléphoner à la banque, dit Fombieux.

Le Bihan eut un rapide sourire. Il était plus que sceptique. La banque!... Enfin, on pouvait toujours essayer.

– Vous avez vu le carnet de commandes de Pouldu? demanda-t-il. Vous connaissez Pouldu? C'est notre meilleur voyageur. De plus, la région de Saint-Brieuc - Saint-Malo nous a toujours beaucoup acheté...

– Oui, alors?

– Eh bien, regardez... Constatez vous-même. La vente a baissé de 60 % par rapport à...

– Bon! Bon!

Le Bihan allait encore parler d'autrefois. L'éternelle comparaison! Personne ne pouvait donc comprendre, se rendre compte... Fombieux travaillait jour et nuit pour sauver la fabrique. Il ne reprochait rien aux autres, lui. Il s'efforçait d'être juste avec chacun. Juste!... Le péché inexpiable!

Le Bihan profita de son avantage.

– C'est le moment de vendre, murmura-t-il en considérant ses mains tachées d'encre. Plus vous attendrez, plus vous perdrez!

Crétin! Comme s'il ne savait pas que l'usine appartenait à Mme Fombieux... Vendre! Fombieux sourit à son tour, avec une ironie désespérée.

– La maison Carcouet a présenté sa traite, ajouta Le Bihan.

– Foutez-moi le camp! gronda Fombieux. On dirait que ça vous fait plaisir, ma parole!

– Bien, monsieur.

Les salauds! Les salauds! Fombieux marcha dans son bureau, les poings serrés. Les salauds! C'était comme une conspiration autour de lui. On s'ingéniait à lui boucher toutes les issues. Quoi! A cause d'un misérable million, pas même!...

Il récapitulait, comme une litanie, tous les obstacles qui avaient jalonné sa vie. La malchance! Quarante ans de malchance! Une enfance ratée! Une carrière ratée! Un amour raté! Toute cette volonté, toute cette énergie dépensée pour aboutir à un échec lamentable!

Inutile de téléphoner à la banque. Inutile de solliciter, de revendiquer... de supplier!... Et impossible même de s'expliquer une bonne fois avec Angèle. Un 1er juin!...

Fombieux sortit en claquant la porte, traversa hâtivement le hall où s'alignaient, sur des rayons vitrés, les antiques modèles ayant fait la gloire de la maison et qui, ternes et froids, figuraient à présent des pièces de musée.

7 heures! Il hésita, sur le trottoir. Une foule paisible flânait sur les rives de l'Odet, dans la lumière déclinante. Devant l'*Hôtel de l'Epée*, des voitures américaines glissaient doucement. Le chasseur s'affairait. Il

était vêtu d'un rouge glorieux. Et les doigts de Fombieux se mirent à pétrir, machinalement, une glaise idéale enfin docile à son désir. Il fit quelques pas, s'appuya à la rampe de fer bordant le quai. L'eau bleue, les jardins de la Préfecture, chargés de fleurs, les verdures parcourues de reflets de cuivre, les chromes, les vernis des autos luxueuses, tout évoquait aussi, et surtout, le succès, la fortune! En somme, il suffisait de tenir quelques mois...

Sa Simca stationnait derrière une Chrysler. Il soupira, lâcha le frein. Il aperçut son visage dans le rétroviseur, son vrai visage de solitude, celui que Simone avait entrevu, l'autre jour... Il y avait de cela combien? Déjà une quinzaine. Il ne se pardonnait pas d'avoir été surpris, par elle, à l'improviste, comme nu. La seule femme devant qui il n'aurait pas voulu paraître faible!

Machinalement, Fombieux franchissait le pont, prenait la direction du *Mesnil*. Angèle, Claudette, Simone... Comme les jeux du hasard sont étranges! Il aurait peut-être suffi qu'il rencontrât Simone la première... Il aurait, en tout cas, suffi que ce jeune homme, Sylvain, ne se trouvât pas sur la côte au moment précis où Claudette...

Mais ne peut-on corriger le destin? Les hommes de proie, ceux qu'on appelle noblement « les grands capitaines », dans les livres, hésitent-ils, eux, à donner le coup de pouce qui infléchit le sort dans la direction désirée?

Fombieux, qui venait de doubler une grosse Renault chargée de malles, ralentit. La pauvre Simca en voyait de rudes, quand il était la proie de ses humeurs noires! Arrêtés devant la barrière, des promeneurs contemplaient le *Mesnil*. Imbéciles! Fombieux klaxonna, et François surgit, une énorme laitue au poing.

– Bonsoir, monsieur. Bonne journée?

Fombieux ne trouva pas la banalité à répondre. Il passa, sans même regarder le domestique, roula jusqu'au perron, sans voir les épais massifs croulant sous les fleurs, traversa le vestibule sans jeter l'habituel coup d'œil à la haute et mince silhouette que reflétait le miroir. Si seulement Angèle pouvait être seule! Autant lui dire tout de suite... en profitant de l'élan!

Pas de chance! Angèle causait avec Simone dans le petit salon bleu et or. Sur la terrasse, à trois pas de son chevalet, Sylvain, la tête penchée sur l'épaule, le bras tendu, retouchait sa toile. L'après-midi lumineux s'engourdissait dans la paix du soir, mais Fombieux savait qu'avec la nuit l'angoisse allait revenir au *Mesnil*. Simone cousait. Il la voyait de profil, sur un fond de verdures doucement agitées. Charmante! Elle était charmante! Plus tout à fait jeune... Instruite par l'existence... Quelquefois tourmentée, elle aussi... Fombieux se rappelait certains gestes surpris au vol, des doigts qui se crispent, la voix qui devient un peu rauque... Mais une parfaite maîtrise de soi, une vraie femme... Quel gâchis!

Personne n'avait remarqué son approche. Il entendait mal la conversation des deux femmes, dont le séparait une porte vitrée. Par contre, grâce à une fenêtre du hall ouverte sur la terrasse, il ne perdait pas un mot de ce que disait Sylvain. Claudette, invisible, devait poser à sa place accoutumée.

– Encore cinq minutes! implorait Sylvain... Et moi, je ne suis pas fatigué, peut-être?

C'était curieux, ce dialogue, Sylvain semblait s'adresser au portrait de Claudette. Il lui souriait, le caressait du bout de son pinceau, restait parfois une seconde la main en suspens, comme pour mieux écouter une confidence insaisissable de l'image inachevée. Un théâtre d'ombres! Les lèvres de Simone remuaient, puis celles d'Angèle... Sylvain parlait à un fantôme... Et Fombieux, dont le regard allait incessamment de la porte vitrée à la fenêtre ouverte, avait l'impression d'être un mort, exilé du monde des vivants, une présence immatérielle qui ne dérangerait jamais plus les habitants du *Mesnil*.

– Non, dit Sylvain. Je ne lui ai parlé de rien. Mais elle est assez fine pour avoir deviné...

– ...

– Vous sous-estimez votre mère... Ne remuez pas la main, sapristi!

– ...

– Prenez des ménagements, Claudette. Songez qu'ils n'apprécieront peut-être pas ce genre de surprise.

– ...

– Non. Simone n'a jamais songé à se marier.

La voix de Sylvain se fit dure. Le pinceau toucha le bras de Claudette, cherchant à suggérer l'arrondi, le mœlleux de la chair, et le jeune homme frappa du pied.

Un sentiment étrange retenait Fombieux, lui interdisait le moindre geste. Une sorte de mélancolie stupide...

– ...

– Vous ne comprendrez jamais rien à Simone... Bon sang, restez tranquille... Je suis un peintre, pas un photographe...

– ...

Il y eut un silence assez long, puis Sylvain répondit :

– Mon ami Mylord?... Bien sûr que je lui écris, souvent même... Oui, je lui ai raconté comment je vous avais connue... Il fallait bien que je lui donne ma nouvelle adresse.

– ...

– Non, il ne me félicite pas. Pour un type comme lui, ce genre d'aventure est monnaie courante...

– ...

– Oh! seulement dans les grandes lignes...

– ...

– Eh bien, Mylord me fait une méchante allusion à Molière... Non, il ne me compare ni à Don Juan, ni à

Tartuffe... Justement! à Scapin... Il me demande ce que je fiche dans cette galère...

– ...

– Pourquoi voulez-vous que je sois de mauvaise humeur? Je ris, au contraire, vous voyez bien. Je ris.

Sylvain écrasa un tube de pâte sur sa palette, changea de pinceau.

– ...

– Vous avez raison, Claudette, je ne suis pas très rassuré... Attendez au moins un jour... Ce soir est mal choisi, particulièrement mal choisi... Votre mère est déjà malade d'énervement... Vous rendez-vous compte de l'effet que vous allez produire?... Vous jouez avec le feu, mon petit.

Simone se retourna.

– Tiens! Vous êtes là, monsieur Fombieux.

Et Fombieux se remit à vivre. Il entra dans le salon.

– J'arrive à l'instant... Quelle chaleur!... C'est ravissant ce que vous faites là!

Il se pencha sur la broderie pour se donner une contenance. Il n'osait pas regarder sa femme en face, sachant qu'elle devinerait du premier coup. Il éprouvait soudain, irrésistible, le besoin d'une trêve. Jeter bas les soucis, faire halte dans ce petit salon conçu pour les propos futiles, écouter un peu de musique en buvant une boisson glacée...

– Qu'est-ce qui ne va pas? demanda Mme Fombieux.

– Plus tard... Plus tard... Je vous expliquerai.

– Non. Je vois bien qu'il est arrivé quelque chose.

Simone rangeait son ouvrage.

– Restez! lui dit Mme Fombieux.

– Mlle Mezières est ici en vacances, protesta-t-il. Je ne vais pas lui infliger le récit de mes démêlés avec mon personnel.

– Vous vous êtes encore accroché avec Le Bihan?

Dès qu'il s'agissait de la fabrique, Angèle retrouvait ses forces. Fombieux revit le caissier, son pince-nez de pion, son veston étriqué, son sourire doucereux. Un ancien clerc de notaire que Robert Denisot avait tiré de la dèche.

– Je crois que je vais le congédier, dit Fombieux.

– Il vous gêne?

Fombieux sentait la colère monter dans sa poitrine comme un liquide visqueux et brûlant.

– Parfaitement. Il me gêne. Je n'ai pas à recevoir de conseils d'un caissier... S'il faut en arriver à vendre...

– Vendre? Vendre quoi?

La dispute devenait inévitable. Mais, devant Simone, Fombieux ne se laisserait pas humilier. Il mit les mains dans ses poches, essayant vainement de paraître désinvolte.

– Vendre la fabrique, évidemment! Vous ne voulez pas comprendre que, depuis la guerre, la situation a changé. Faute de capitaux frais, nous vivons à la petite semaine, nous végétons... Il faudrait moderniser l'outillage, reviser nos méthodes de production et de vente, reviser surtout notre conception...

Il avait parlé sans arrière-pensée, et voici que sa femme se mettait à pleurer, comme s'il lui avait lancé une injure.

– Du temps de Robert...

– Ah! non. Je vous en prie...

Du coup, Fombieux était remonté à bloc. Tant pis pour les convenances. Il devinait, d'ailleurs, que Simone était avec lui.

– Vous ne voyez donc pas que je m'échine à réparer ses bêtises!... Mais ouvrez les yeux, à la fin! C'est trop facile de tout critiquer sans savoir... Est-ce moi qui ai embauché cette équipe de démarcheurs dont la plupart soutiennent en dessous nos concurrents... Est-ce moi qui ai signé le contrat avec Lecœur, cette espèce de crétin prétentieux, tout juste bon à décorer des coquilles Saint-Jacques et des salières! « *Souvenir de Quim-*

per» C'est du propre! On n'en veut même plus dans les bureaux de tabac!

Sylvain et Claudette étaient entrés. Ils écoutaient en silence. Sylvain s'était arrêté, passé le seuil, mais Claudette avait continué d'avancer, elle se tenait derrière son beau-père. Elle l'eût touché en étendant le bras. Et Fombieux, excité par cette présence hostile, élevait le ton. C'était comme un abcès crevant d'un coup. Il fallait, une bonne fois, faire couler tout ce pus.

– Les machines sont usées. Le bâtiment menace ruine. Le vieux personnel n'est plus à la page... (Il se tourna vers Simone, comme vers la seule personne raisonnable, capable d'arbitrer sainement le différend :) C'est normal, n'est-ce pas? Une maison fondée en 1890 a besoin d'être rajeunie... J'estime qu'avec un million – je ne suis pas bien exigeant – il serait encore possible de rétablir la situation... Un million, par les temps qui courent, ce n'est pas le bout du monde! L'affaire est saine, au fond... Seulement, il faudrait que je sois compris, soutenu...

Il sentit tout ce que cette manière indirecte d'appeler au secours avait de déplaisant, et sa violence laissa percer la rancune.

– Il ne faudrait pas qu'à chaque instant, par des allusions...

– Vous êtes odieux! cria Angèle.

Et, juste à ce moment, on entendit la cloche qui sonnait le dîner. Il y eut un silence, une sorte d'accalmie chargée de fluides. Sylvain s'était approché, Claudette s'accrocha à son bras. Angèle se tamponnait les yeux, se levait avec lassitude.

– Ces faïences de Quimper sont si jolies! dit Simone sur un ton de conversation mondaine. Il serait vraiment dommage d'en abandonner la fabrication.

– Bien sûr que ce serait dommage! soupira Fombieux.

L'orage s'éloignait. On passa dans la salle à manger

où Marguerite faisait le service, en tablier blanc et coiffe à longs rubans; elle était née à Pont-Aven. Les visages restaient serrés, sommairement dessinés dans le jour tombant. Mais personne ne songeait à allumer le lustre. Mme Fombieux remuait une cuiller dans son verre, pour dissoudre des granulés verdâtres. Au-dessus de la cheminée, il y avait un portrait de Robert Denisot.

Ce fut Claudette qui fit tout rebondir.

– J'ai peine à croire que les banques vous refusent une avance.

– Pour avoir du crédit, il faut inspirer confiance, répliqua sèchement Fombieux.

– Et *vous* n'inspirez pas confiance?

Fombieux s'essuya lentement la bouche. Il essayait de se contenir.

– Oh! vous savez, ce que j'en dis! ajouta Claudette. Comme de toute façon je ne serai plus là dans trois mois.

– Et où serez-vous? murmura Fombieux d'une voix soudain méconnaissable.

Nul ne mangeait plus. On entendait François qui coupait du pain au hachoir, dans la cuisine.

– Autant que vous le sachiez tout de suite, dit Claudette avec calme. Je serai mariée... Nous sommes fiancés, Sylvain et moi.

Marguerite joignit les mains. Simone tourna lentement la tête vers Sylvain. Ce fut tout. Le temps parut suspendu. Et, brutalement, Angèle Fombieux repoussa sa chaise.

– Mes compliments! Tu es franche, toi au moins... Que la fabrique s'écroule, que je sois mourante par votre faute, tu t'en moques... Et bien non! ma petite. Tu oublies que tu n'es pas majeure. Ce mariage ne se fera pas.

Elle s'était levée, elle tendait vers sa fille un bras pathétique.

– Je t'en prie, maman, fit Claudette, excédée. Pas de

drame! J'ai vingt ans. Je veux me marier. Rien de plus naturel.

– Ah! Si ton malheureux père avait vécu, jamais, jamais tu n'aurais eu l'audace...

– Assez! Tu ne vas pas me donner des leçons, non!... Toi qui as épousé ce monsieur un an à peine après que...

Marguerite voulait intervenir. Fombieux se levait à son tour, jetait sa serviette sur la table. Et Simone, la main refermée sur le poing de Sylvain, répétait tout bas :

– Laisse... Laisse... Il fallait cela...

– Je m'en fiche, à la fin, de votre consentement! cria Claudette... Et puis je vous conseille de ne pas me pousser à bout, vous entendez!... Parce que je suis bien fille à recommencer... Et je vous jure que, cette fois, je ne me raterai pas...

Angèle, tout d'abord, ne parut pas comprendre le sens de ces paroles. Puis ses traits, progressivement, s'altérèrent, jusqu'à devenir méconnaissables. Lentement, elle porta la main à son front. Elle ne pouvait pas souffrir simplement, comme tout le monde. Sylvain était crispé comme un épileptique.

– Ce n'est pas vrai... Ce n'est pas vrai... Tu n'as pas... bégaya Angèle.

Elle semblait prendre à témoin le portrait surmontant la cheminée. Ses yeux s'emplirent d'une terreur nouvelle.

– Et c'est ce soir, ce soir, que tu m'apprends... Ah! c'est affreux!

Elle sortit en gémissant, la main toujours contre le front.

– Vous, ma petite, je vous jure que vous regretterez vos paroles, dit Fombieux avec un calme étudié qui cherchait à donner plus de poids à sa menace – et il se précipita derrière sa femme.

Tout cela était faux et grinçant comme un mauvais mélo.

– Allumez! dit Sylvain.

Les boutons tournés, ils se virent tous trois étrangement grisâtres et marqués sous la lumière trop crue.

– Eh bien, j'ai tout de même eu le dernier mot, dit Claudette. Mais qu'avez-vous, Sylvain? Vous n'êtes pas satisfait?

Il versa de l'eau dans son verre. Son poignet tremblait et il mouilla la nappe.

– C'est votre façon de présenter les choses... Au fond, vous ne voulez vous marier que pour les embêter, c'est bien cela? Mais moi, Claudette, moi? (Il but d'un trait, dut s'appuyer à la table parce qu'il chancelait.) Moi, répéta-t-il. Qui est-ce qui pense à moi, ici?

Claudette haussa les épaules.

– Vous n'avez rien compris, Sylvain... J'étais bien obligée d'agir ainsi pour forcer maman à résister à ce... à son mari... Il convoite sa fortune, comprenez-vous... *notre* fortune! Mais maman a pris peur, maintenant. Elle acceptera notre mariage, pour m'empêcher de faire un coup de tête... Et comme j'exigerai ma part d'héritage, finies les illusions du monsieur! Il faudrait que nous mourions rapidement toutes les deux pour qu'il... (Elle rit nerveusement.) Vous avouerez que c'est assez peu probable.

Tant de raison, tant de calculs, chez un être en apparence aussi primesautier, laissaient Sylvain confondu.

– Je suis heureuse, fit Simone. Heureuse pour vous deux!

Le ton ne sonnait pas tout à fait juste, et Sylvain remarqua combien elle demeurait pâle. Mais n'étaient-ils pas encore tous sous l'effet de la pénible scène?

– C'est tout de même un étrange dîner de fiançailles, observa-t-il.

– Rien ne se passe ici comme ailleurs, dit Claudette avec amertume... Asseyez-vous. Je ne vois pas pourquoi nous irions nous coucher sans souper. Après tout, nous n'avons rien fait de mal.

Sylvain n'en était pas tellement sûr. Pourtant, il reprit sa place. Marguerite, les lèvres serrées, rapporta les plats. On l'entendait qui chuchotait avec François. Et un bourdonnement de voix venait du premier étage où, sans doute, la discussion avait repris entre Angèle et son mari.

Des papillons entraient, parsemant le plafond de taches mouvantes. Claudette se forçait à paraître enjouée, à minimiser l'incident, et Simone souriait lorsque Sylvain la regardait.

– Cachottier, disait-elle. Tu aurais tout de même pu me prévenir...

Ils regagnèrent leurs chambres de bonne heure, tandis que Marguerite fermait les volets, sans cesser de marmotter.

– On peut s'embrasser, fit Claudette, comme ils atteignaient le palmier.

Sylvain, gêné, lui effleura les cheveux de ses lèvres.

La discussion se poursuivait, violente, entre les époux. On entendait la voix, un peu stridente, d'Angèle, le toussotement de son mari. Claudette continua de monter; lorsqu'elle eut passé le coude de l'escalier, Simone fit entrer Sylvain dans sa chambre.

– Content? interrogea-t-elle.

– Pas fier. Vraiment pas fier... Tu comprends pourquoi, j'imagine?

Elle passa le bras autour de son cou, posa la tête sur l'épaule du jeune homme.

– Dieu, que tu es devenu scrupuleux! Ne peux-tu te laisser vivre sans compliquer les choses? Crois-tu que cela m'amuse, moi, de te voir marié? Mais il le faut bien, mon petit, il le faut... Alors, à quoi bon se torturer l'esprit...

Il se dégagea, voulut parler.

– Non, murmura-t-elle. Va te coucher, maintenant.

Il la regardait durement, mais se laissa pousser vers la porte sans résister. Rageusement, il s'enferma dans sa chambre, se jeta sur son lit. Une longue coulée de lune dessinait la fenêtre sur la tapisserie. Il s'endormit, les yeux fixés sur le rectangle de lumière, qui se déplaçait lentement. Quant le pas fit grincer le parquet, dans le couloir, il se retourna d'un bloc et sa main s'agita devant son visage, comme pour repousser une ombre dangereuse.

– Jamais! Jamais! dit-il d'une voix brumeuse. Puis il ne bougea plus, jusqu'au matin.

VI

François bâilla, se gratta la nuque tout en regardant le ciel, au-dessus du *Mesnil.* Il faisait un temps gris, dolent, un peu figé, et le silence était tel qu'on entendait distinctement battre un diesel, quelque part, le long des rives de l'Odet. Les tulipes et les roses, gonflées, brillantes, semblaient éclairer les parterres. A l'extrémité de l'allée de pommiers, des autos glissaient sans bruit; certaines étaient surmontées de voitures d'enfants et d'énormes filets à crevettes.

– L'aurait mieux valu installer deux pompes, dit François. Elles auraient rapporté plus que la fabrique.

Il tira sa vieille montre, grosse comme un réveil, considéra à nouveau le ciel, où le soleil faisait une tache pâle..

– Serait temps d'y aller, grogna-t-il.

– Bien sûr, bien sûr, fit sans empressement Marguerite, qui raclait des rôties aux bords brûlés.

– Tu sais comme elle est, ajouta-t-il.

Marguerite s'accroupit brusquement, sans nécessité apparente, devant le fourneau, qu'elle secoua. François ceignait son tablier de jardin, posément, l'attachait derrière son dos. Tous les matins, c'était la même comédie. Il n'arrivait pas à serrer le nœud assez fort, s'énervait, jurait, finissait invariablement par appeler sa femme.

– Saloperie de cordons!... Depuis le temps que je dois me racheter des bleus... Marguerite... Eh bien, qu'est-ce que tu as?... C'est leur dispute d'hier, qui te revient?

Marguerite semblait songeuse. Ses mains accomplissaient leur besogne habituelle, disposaient sur le plateau le beurrier, la cafetière, le pot à lait, les tasses, mais son regard était absent.

– Marguerite, tu dors?

Elle haussa les épaules.

– J'ai mal dormi, fit-elle avec brusquerie. Tourne-toi, tiens. Tu es pire qu'un enfant.

– Tu ne vas tout de même pas faire la tête à Claudette parce qu'elle veut se marier.

Il sentait les doigts de sa femme sur ses reins, et ces doigts étaient nerveux, durs, irrités.

– Ils s'installeront ici. Qu'est-ce qu'il y aura de changé? Rien! Rien du tout... Si ce n'est, peut-être, un marmot au *Mesnil*, l'été prochain... Moi, au fond, ça ne me déplairait pas, parce que...

Il s'interrompit. Marguerite venait de casser l'attache du tablier.

– Si tu remuais un peu moins, cria-t-elle.

– Moi, je remue!

Mais aujourd'hui, il valait mieux ne pas discuter avec Marguerite.

– Les clefs, dit-il. Tu oublies les clefs.

Marguerite qui, déjà, s'éloignait avec le plateau, revint sur ses pas.

– Ah oui! fit-elle, les clefs...

Comme s'il se fût agi là d'un détail sans importance.

Elle s'en allait, maintenant, le long des buis, s'efforçait de marcher d'un pas naturel. Elle sentait que son mari l'observait, du pavillon. Bien sûr, François ne se doutait de rien. Personne ne pouvait se douter... Et c'était cela même qui était terrible. Cette pensée que, dans quelques instants, ils allaient tous...

Malgré elle, Marguerite se hâtait. « Mon Dieu! Faites que je ne rencontre personne... Faites que je sache mentir... »

Elle gravit le perron. Tout dormait encore au *Mesnil.* Seuls, les volets de la chambre de Francis Fombieux étaient ouverts. Marguerite souffla un peu, sur la dernière marche. Calant le plateau sur son genou levé, elle s'essuya les yeux, car elle pleurait d'énervement, de fatigue. Puis, du bout des doigts, elle poussa le battant, et la porte s'ouvrit toute grande. Elle s'y attendait, et pourtant elle faillit renverser sa charge brûlante. Elle respirait bruyamment, comme si elle avait couru trop vite. Elle entra et fit un crochet pour ne pas frôler, au passage, les vêtements de Robert Denisot, toujours suspendus au portemanteau. Pour la première fois depuis deux ans, ces vêtements lui faisaient peur. Elle monta l'escalier, hissant ses jambes l'une après l'autre, par un épuisant effort de volonté... Devrait-elle crier? Lâcher son plateau? Ou bien avertir d'abord Fombieux, ou Claudette? Elle ne savait plus. Tant de pensées se heurtaient dans sa pauvre tête!

« Mon Dieu! faites que... faites que... »

Elle remuait les lèvres comme une vieille qui dit son chapelet, et elle avançait mécaniquement dans le corridor. Fombieux prenait son bain. Elle entendait l'eau clapoter sur les flancs de la baignoire, le ronflement d'un robinet. Tout était à la fois irréel et terriblement précis comme dans un cauchemar... « Mon Dieu, faites que... »

Elle s'arrêta devant la chambre d'Angèle, faillit entrer sans frapper. Mais M. Sylvain était peut-être réveillé... ou Mademoiselle. On s'étonnerait si elle ne tapait pas, comme d'habitude, trois petits coups secs, si elle n'annonçait pas : « Madame, c'est le petit déjeuner. »

Elle frappa les trois petits coups. Elle chevrota : « Madame, c'est le petit déjeuner. » Elle fit même semblant d'écouter, d'attendre une réponse. Puis elle se décida à franchir le seuil.

La chambre était vide. Le lit n'avait pas été défait. Et Marguerite, son plateau sur l'avant-bras, hésitait encore, songeant à tout ce qu'un mot, un geste d'elle allait déclencher... Les recherches... l'enquête... l'intrusion d'étrangers qui flaireraient tous les tristes secrets du *Mesnil.*

Elle posa le plateau sur la table de nuit, ouvrit machinalement les volets, comme elle le faisait chaque matin. François poussait une brouette dans l'allée. Il sifflotait. Marguerite joignit les mains. « Mon Dieu ! »

L'eau cessa de couler. Fombieux allait sortir. Elle se précipita dans le couloir et se mit à appeler : « Madame ! Madame ! »

Sur-le-champ, elle éprouva un âpre soulagement. Elle avait sauté le pas. Maintenant, la machine était en marche, les événements allaient suivre leur cours sans qu'elle ait rien à décider. Son rôle était terminé.

– Madame !

– Eh bien ? Qu'est-ce qu'il y a ?

Fombieux apparut sur le seuil du cabinet de toilette. Des gouttes d'eau ruisselaient de ses cheveux, tombaient sur sa sortie de bain.

– Madame a disparu.

– Qu'est-ce que vous me chantez ?

– Elle n'est pas dans sa chambre.

– Et alors ? Elle est dans le jardin.

Marguerite avait tout prévu, peut-être, sauf qu'on pourrait tarder à s'affoler. Elle avait imaginé que, aussitôt l'alarme donnée, une sorte de tourbillon traverserait le *Mesnil*, qui les emporterait tous. Elle se trouva désemparée, craignit de paraître trop inquiète.

– Son lit n'a pas été défait, fit-elle, d'une voix presque calme.

Et ce fut soudain Fombieux qui perdit son sang-froid. Quelque chose sembla se décrocher dans son visage. Pourtant, il réussit à dire sur un ton assuré, que démentait toute son attitude :

– Qu'est-ce que cela prouve, un lit pas défait? Madame a veillé, tout simplement. Elle était trop énervée pour dormir... Et elle est descendue de bonne heure... (Il passa dans sa chambre et, tout en s'habillant derrière la porte entrebâillée, il interrogea :) Si Madame avait quitté la propriété, vous l'auriez entendue, je suppose... Hé! Vous m'écoutez?

Personne, heureusement, ne voyait Marguerite. Elle appuyait les mains contre ses joues, comme pour les empêcher de pâlir davantage, et elle piétinait doucement le parquet, incapable de rester en place et n'osant s'éloigner.

– Je n'ai rien entendu.

– Alors, c'est bien ce que je pensais. Madame est au jardin... Vous perdez tout de suite la tête, ma pauvre Marguerite.

Il ressortit, son veston sur le bras, achevant de fixer ses poignets de chemise, et il s'énervait parce que les boutons, trop gros, se dérobaient, glissaient sous ses doigts.

Simone ouvrit sa porte, avança la tête. Et Fombieux enfila son veston, d'un mouvement brutal.

– Ne vous inquiétez pas. Ma femme n'est pas dans sa chambre. C'est tout... Mais Marguerite en fait toute une histoire.

– Son lit n'a pas été défait, dit la domestique hargneusement.

– C'est tout de même étrange, fit Simone, en attachant sur Fombieux un regard pensif. Il faudrait prévenir Claudette.

Etait-ce le mot : prévenir, ou la voix grave de la

jeune femme? On entrait tout à coup dans le drame. Simone avait passé une robe de chambre, dont elle serrait la cordelière, et ils levèrent tous trois la tête vers le plafond où l'on entendait un pas léger.

– Laissez-moi y aller, reprit Simone. Vous la connaissez! Dieu sait ce qu'elle va tout de suite imaginer...

Elle releva légèrement sa robe de chambre et s'engagea dans l'escalier. Fombieux, les sourcils froncés, le front partagé d'une ride profonde, tourmentait un trousseau de clefs.

– Quand vous êtes entrée, tout à l'heure, la porte de la maison était fermée?

– Non, monsieur, répondit Marguerite.

– Et la barrière, savez-vous si... Il est vrai qu'il est si simple de l'escalader, ou de se glisser entre les montants... Il n'y avait rien, pour Madame, au courrier, hier matin?

– Non, monsieur.

– Et dans la journée, Madame n'a pas reçu de coup de téléphone?

– Pas que je sache.

Là-haut, Simone et Claudette parlaient avec animation. Mais seule la voix de Simone était nette. On surprenait des morceaux de phrases. « Pas vous mettre dans cet état... Peut-être une fugue... »

Fombieux entra dans la chambre de sa femme, marcha jusqu'à la fenêtre.

– Les voitures sont toujours au garage? (Il comprit l'absurdité de sa question, ajouta :) Même si on avait poussé la Simca à la main jusqu'à la route, vous auriez entendu, que diable!

– Oh! pour ça... J'ai le sommeil tellement léger.

Il ouvrit la penderie, puis l'armoire.

– Elle n'a pas emporté de valise... Ses objets de toilette sont là... Son manteau, ses souliers...

« Madame portait des sandales! » faillit crier Marguerite.

Il poursuivait son inspection, tout en parlant entre ses dents, et Marguerite ne parvenait pas à distinguer s'il s'adressait à lui-même, ou à elle.

– On pourrait admettre qu'elle a entendu quelque chose... ou quelqu'un, un bruit, qui l'aura attirée... Et encore, non, puisqu'elle ne s'est pas couchée... Elle attendait? Elle savait qu'elle sortirait... Mais elle ne pensait pas aller bien loin, puisque...

« Oh! si... Bien loin » pensa Marguerite.

D'un geste violent, il lui saisit le bras.

– Dites-moi la vérité. Madame n'avait pas d'armes? Vous n'avez jamais vu de revolver, ici?

– Non, Monsieur. Ça je peux le jurer.

Il la lâcha.

– D'ailleurs, dans ce cas, pourquoi serait-elle sortie?...

Il avait l'air, maintenant, moins soucieux qu'excédé. Son visage était fripé, ses joues grises, comme si sa barbe avait subitement repoussé.

– Bon! Nous allons fouiller partout... Et puis je téléphonerai à Quimper. Comme si je n'avais pas assez d'ennuis... Allez! Marguerite, filez! Ne restez pas plantée là à me regarder.

Fouiller! Ce fut vite fait, d'autant que chacun était déjà persuadé de l'inutilité des recherches. Sylvain avait été réveillé par les allées et venues, les bruits de portes, et Simone lui avait crié, à travers la cloison :

– Dépêche-toi! Mme Fombieux a disparu.

Parbleu! Cela ne devait-il pas finir ainsi? Il avait fait une toilette hâtive, était arrivé le dernier sur la terrasse où Simone s'efforçait vainement de réconforter Claudette. Fombieux téléphonait. Marguerite, réfugiée dans la salle à manger, disposait les tasses, comme s'il avait été question de déjeuner. Et l'on entendait, au fond du parc, François qui appelait d'une voie déjà enrouée :

– Madame! Oh! Oh! Madame!

Sylvain prit, dans les siennes, les mains glacées de Claudette.

– Du cran, mon petit. Votre mère va revenir. Il est bien évident...

Elle secoua la tête. Elle ne pleurait pas, mais ses yeux étaient troubles et fixes comme sous l'effet d'une drogue.

– Non, murmura-t-elle, non, Sylvain... Tout recommence comme il y a deux ans, voyez-vous... Vous ne pouvez pas savoir... Au début, on refusait de s'affoler... On se répétait aussi qu'il allait revenir... On l'attendait... Et le temps était gris, comme aujourd'hui...

– Mais le temps n'a rien à voir... Ne soyez pas morbide.

– Morbide! s'exclama-t-elle avec une sorte de colère sourde. Comprenez donc, Sylvain. Tout recommence, je vous dis... Maman a alerté Quimper... Le commissaire est venu... Flessois! Le commissaire Flessois. Un brave homme qui ne cessait de répéter : « Du calme! Vous allez voir que tout va s'arranger! » Voulez-vous parier que c'est encore lui qui... Et puis, pour finir, le coup de téléphone annonçant qu'on venait de découvrir... sur les rochers...

– Allons! Claudette. Allons! dit Simone à son tour. Ce ne sont là que des coïncidences. Vous êtes assez raisonnable...

– Oui, justement, je suis assez raisonnable pour comprendre... Maman n'avait pas à sortir, cette nuit. D'ailleurs, elle était si peureuse.

– Il ne faut pas parler au passé, chuchota Sylvain.

Claudette eut un rire sec, affreux. Fombieux sortit du salon et, de loin, annonça :

– J'ai eu Flessois lui-même, au bout du fil. Il arrive.

Alors Sylvain éprouva une impression extraordinaire. Il lui sembla qu'il avait déjà vécu cette scène : la terrasse avec ses pots de géranium, le chevalet poussé sous un auvent, la palette grasse de taches multicolores, le ciel lourd et ce silence, cette attente anxieuse, il reconnaissait tout. L'angoisse de Claudette passa en lui. Ce fut si violent qu'il resta une seconde le souffle suspendu, hors du temps et de la vie.

Il profita de la légère diversion créée par le retour de François pour s'éloigner, sans que nul ne le remarque. Il grimpa dans sa chambre, se laissa tomber sur une chaise, devant la fenêtre.

Tout de suite, il sombra dans un sorte de torpeur et longtemps, longtemps, il demeura sans mouvement, la tête vide, dans un apaisement hébété. Il n'entendit même pas une auto s'arrêter devant le perron.

Il fallut l'apparition de Simone pour le rappeler à la réalité. Elle entra, furieuse, en faisant claquer ses talons. Elle avait estimé plus décent d'enfiler des chaussures de ville.

– Ah! ça, tu as complètement perdu la tête... Tu ne comprends pas que ta place est en bas, avec tout le monde... Du reste, le commissaire te demande...

– Le commissaire?

– Dame! Il nous a déjà interrogés, Fombieux, Claudette et moi-même... Un homme charmant...

Il se leva, la dévisagea comme s'il se fût agi d'une inconnue. Puis il dit lentement :

– Tu ne sens pas que nous ne pouvons plus rester dans cette maison... qu'il va nous arriver malheur, à nous aussi... Tu ne vois donc pas que Fombieux...

– Quoi! Fombieux? Il est admirablement disposé à ton égard.

– Peut-être... et puis après? C'est un maniaque, un obsédé... j'en arrive à me demander si...

– S'il n'a pas tué sa femme. C'est bien cela... Et pourquoi pas l'autre, son prédécesseur, pendant que tu y es?... Et il aurait justement choisi cette date du 1er juin...

– Oh! Je savais que tu allais encore prendre sa défense.

– Encore? (Ce fut à elle de le regarder, curieusement :) Serais-tu jaloux, mon pauvre petit?

Un moment, ils demeurèrent silencieux. Lui, la

bouche tirée par un tic rapide; elle, toute blanche, les paupières battantes. Sylvain baissa la tête.

– Descendons! soupira-t-il. Tu ne veux rien comprendre... Mais je t'aurai assez prévenue...

Fombieux se tenait immobile, les mains au plus profond des poches, devant la fenêtre ouvrant sur la terrasse. Il ne se retourna pas lorsqu'ils passèrent derrière lui. Ce fut Simone qui frappa à la porte du grand salon.

– Mon frère.

Flessois était un quinquagénaire grassouillet, au parler lent, aux manières affables, et qui semblait toujours sur le point de s'excuser, qu'il s'adressât à ses subordonnés, aux témoins, aux inculpés même. Un timide, estimaient la plupart de ses collègues. Mais quelques autres, plus subtils, ou simplement plus imaginatifs, ne voyaient là qu'une attitude, un masque adopté une fois pour toutes.

Quoi qu'il en fût, l'aspect du magistrat n'eût jamais laissé soupçonner ses redoutables fonctions. Sa rondeur débonnaire, ses yeux candides, son visage presque poupin et qui rougissait facilement, tout en lui dénotait l'homme inoffensif, l'homme de qui on n'avait – coupable ou pas – rien à craindre. Sa tenue même avait quelque chose de rassurant. On n'avait jamais vu M. Flessois avec un pardessus. Ses vêtements étaient de bonne coupe, mais toujours abominablement déformés et froissés. Il s'agrémentaient d'ordinaire d'une pochette que le commissaire touchait, de temps en temps, avec une satisfaction évidente.

– Ah! monsieur Sylvain Mézières... Ravi de vous connaître... Prenez donc un siège.

M. Flessois désigna un grand garçon à la mine sévère et triste, au regard glacé, installé derrière un guéridon et que semblait ronger un douloureux ennui :

– Mon secrétaire... M. Magnard.

Sylvain eut une brusque inclination. Ce M. Magnard lui était du premier coup antipathique.

– Monsieur Mézières, j'ai demandé à vous voir... disons pour acquit de conscience, pour ne rien négliger... Je viens en effet, de parler longuement avec mademoiselle votre sœur, et je crains que vous ne puissiez, hélas, m'apporter...

M. Flessois sembait chercher ses mots, et il laissait souvent ses phrases inachevées.

– Vous habitez depuis deux semaines cette maison. Vous avez sauvé la vie à Mlle Denisot... Certes, il est bien tard pour rendre hommage à votre courage... Mais d'autres félicitations s'imposent, de tout autre nature, il est vrai... On m'a, bien entendu, appris la grande et heureuse nouvelle... Vous êtes depuis hier au soir, officiellement fiancé...

Les joues du magistrat s'étaient légèrement empourprées. Il sourit avec bienveillance.

– C'est même l'annonce – un peu soudaine – de vos fiançailles avec Mlle Denisot, qui aurait donné lieu à certaine très regrettable scène...

– Une scène qui était la seconde de la soirée, ou plus exactement encore le rebondissement d'une première discussion entre M. Fombieux et sa femme, précisa sèchement Sylvain.

– Je sais. Je sais... Mais cette première discussion ne vous concernait en aucune façon, par conséquent... Voyons, je suppose que ce n'est pas spontanément que Mlle Denisot a pris la décision de demander à ses parents... mais que dis-je : demander! de les mettre devant le fait accompli... Peut-être vous avait-elle confié son intention?

– En effet. Peu avant le dîner, Mlle Denisot m'avait exprimé son désir de ne pas tarder davantage à mettre sa famille au courant de nos projets... J'avais même tenté de la dissuader. Je jugeais, pour ma part, préférable d'attendre encore un peu, tout au moins...

– A la bonne heure! Autrement dit, connaissant la... fragilité de Mme Fombieux, vous estimiez, vous, qu'une telle nouvelle, aussi brusquement annoncée, était susceptible d'avoir quelque répercussion fâcheuse...

Le tour pris par la conversation déplaisait de plus en plus à Sylvain. Il observa :

– Il fallait toujours bien que nous y arrivions un jour ou l'autre... Le résultat eût été le même.

M. Flessois eut un geste de protestation polie.

– Peut-être pas tout à fait... Vous m'avez vous-même rappelé cette première scène entre les deux époux. Mme Fombieux était donc, hier soir, particulièrement... vulnérable. Enfin...

M. Flessois alla se pencher par-dessus l'épaule de son secrétaire, feignit de compulser quelques papiers épars sur le guéridon. Il dit sans relever la tête :

– Enfin, aussitôt après cette révélation... intempestive, Mlle Denisot, décidément en veine de confidences, en aurait fait une autre, relative à son accident de canoë. J'entends : à ce que, jusqu'alors, tout le monde avait cru être un simple accident... Mais je dis « tout le monde »... peut-être votre fiancée vous avait-elle depuis longtemps avoué...

– Non. J'ignorais. Je croyais moi aussi..., s'écria vivement Sylvain, sans savoir pourquoi il faisait ce mensonge inutile.

Il s'interrompit, conscient de sa maladresse. Qui sait si Claudette n'avait pas déjà déclaré au magistrat que cet aveu datait du premier jour?

Il attacha sur son interlocuteur un regard inquiet. Mais les traits du commissaire étaient empreints de leur habituelle douceur; ses yeux clairs demeuraient ceux d'un brave homme sans malice. M. Flessois tripotait sa pochette.

– Monsieur Mézières, je me suis toujours gardé des

hypothèses hâtives mais, tout de même, deux nouvelles aussi sensationnelles... et annoncées presque simultanément, je pense que c'était beaucoup, que c'était trop, pour l'infortunée Mme Fombieux... Vous n'avez aucune opinion particulière au sujet de sa disparition?

– Mais... aucune. Je ne peux m'expliquer... Nous sommes, du reste, les moins qualifiés, ma sœur et moi pour émettre un avis. Et puisque son mari et sa fille eux-même ne...

– Son mari et sa fille... bien sûr! Bien sûr! (M. Flessois soupira.) Il est bien dommage que vous ne soyez pas entré dans cette maison du temps de M. Denisot... Il est vrai qu'alors notre jeune fille n'aurait pas eu son accident, par conséquent...

– Et surtout qu'elle ne m'aurait peut-être pas, alors, accepté pour époux, fit malgré lui Sylvain, qui regretta aussitôt ses paroles.

Flessois le regardait avec une curiosité triste.

– Eh bien, monsieur Mézières, je ne veux pas vous retenir davantage. Aussi bien, que nous dirions-nous de plus, je me le demande?

– Je me le demande aussi, fit Sylvain.

Il se leva, salua et marcha vers la porte à grandes enjambées, ignorant cette fois la présence de M. Magnard.

– Et toutes mes félicitations encore, disait M. Flessois. Ah! Ayez donc l'extrême obligeance de m'envoyer l'un des domestiques. N'importe lequel. Celui que vous rencontrerez le premier.

La porte refermée, M. Flessois gonfla ses joues, souffla bruyamment.

– Pauvre jeune homme! Avec une fille comme cette Claudette, il n'est pas au bout de ses peines... Si tant est que ce mariage se fasse jamais!

VII

Sitôt qu'elle eut franchi le seuil du salon, Marguerite arrêta. Elle dut lutter pour ne pas faire demi-tour, s'enfuir de toute la vitesse de ses vieilles jambes, stupidement, follement, comme elle s'était mise à courir dans la nuit.

– Approchez, Marguerite Quiriou, approchez... On dirait que je vous fais peur... Vous me connaissez pourtant. C'est moi qui suis déjà venu, il y a deux ans...

Marguerite avait le visage moite, les yeux lui cuisaient. Elle n'osait s'essuyer, pourtant. Elle ne pouvait se décider à sortir les mains des poches de son tablier, où elle les tenait fermées, serrées à s'en faire crier, pour ne pas qu'on les vît trembler. Elle fit quatre pas d'automate, sous le regard bienveillant de M. Flessois.

– Vous devez avoir des tas de choses intéressantes à me raconter, Marguerite Quiriou.

– Moi!... Mais je ne sais rien, rien, monsieur le commissaire, je vous le jure.

– J'entends bien. J'imagine que si vous étiez au courant de quoi que ce soit concernant l'événement qui m'amène ici, vous n'auriez pas attendu mon arrivée... Non. C'est du passé que je veux vous parler. Votre mari et vous êtes maintenant les plus vieux habitants du *Mesnil*. Serviteurs modèles – je ne fais que répéter les propres termes dont se sont servis M. Fombieux et sa belle-fille – serviteurs modèles, peut-être étiez-vous aussi, dans une certaine mesure, les confidents de vos maîtres... Vous avez, en tout cas, dû être les témoins de bien des faits...

Marguerite se rassurait un peu. Le passé!... S'il ne s'agissait que de parler du passé!... Et puis, M. le commissaire était si simple! Il savait si bien se mettre à la portée... Pour un peu, elle aurait eu l'impression de bavarder avec un fournisseur, un quelconque domestique d'une des villas voisines.

– Nous sommes entrés en place lors du premier mariage de Madame. Cela fera bientôt vingt et un ans.

– Vingt et un ans! Autrement dit, vous êtes de la famille. Mais asseyez-vous donc, *madame* Quiriou.

Elle s'assit, sans toutefois retirer les mains de son tablier. C'était la première fois qu'elle s'asseyait dans un des fauteuils du salon. Le magistrat prit place non loin d'elle, se pencha sur l'accoudoir, et avec un clin d'œil complice :

– Tout à fait entre nous... Votre maîtresse?

Il se frappait le front de l'index. Ce fut Marguerite qui prononça le mot :

– Folle! Ça non, on peut pas dire... Ce qui est sûr, c'est que, depuis la disparition de Monsieur, elle a changé, mais changé!... Une autre femme!

– Elle aimait son premier mari.

– Elle l'adorait... Si vous les aviez vus tous les deux! Si vous aviez connu la vie au *Mesnil*! Un vrai paradis! Les affaires marchaient. Quant à la petite...

– Elle l'adorait... Et pourtant, un an après l'accident!...

M. Flessois s'interrompit, laissant à Marguerite le soin de conclure. Mais la vieille femme plissa les lèvres, et il la devina soudain hostile. Il enchaîna :

– A propos... Ces vieux vêtements que j'ai vus accrochés dans le hall, il m'a semblé...

– C'est la canadienne et le chapeau de Monsieur.

– De Monsieur?

– Monsieur, pour nous, c'est M. Denisot.

Le magistrat inclina la tête à plusieurs reprises, en signe de compréhension.

– Et M. Fombieux tolère?...

– Oh! Il en tolère bien d'autres... Si je vous disais que le bureau de Monsieur est resté dans l'état... Défense de toucher à rien. Le calendrier est encore à la date... Comme si ce pauvre Monsieur devait y revenir un jour, dans son bureau.

Et Marguerite épia vainement le reflet d'une pensée sur les traits placides du magistrat. Elle était pleinement rassurée. Un peu flattée aussi. Il ne lui déplaisait pas que la conversation, maintenue sur ce plan, se prolongeât. Et, de nouveau, l'angoisse fondit sur elle.

– Si nous passions à la soirée d'hier, disait M. Flessois de sa voix douce, presque interrogative, comme s'il quêtait un assentiment. Voyons, vous étiez présente à la scène qui a éclaté au cours du dîner, lorsque Mlle Denisot à soudain annoncé ses fiançailles avec M. Sylvain Mézières.

L'indignation domina, pour un temps, chez la vieille domestique, tous les autres sentiments. Elle tira instinctivement les mains de ses poches, les joignit.

– Un vrai scandale, monsieur le commissaire. La petite a souvent des excuses, mais cette fois...

– Personne ici, ne soupçonnait les projets de nos jeunes gens?

– Personne, c'est peut-être trop dire... François et moi, on se faisait parfois des réflexions. On n'est pas aveugles. Mais de là à penser que ça irait aussi vite!... En tout cas, Madame, elle, était à cent lieues d'imaginer...

– Autre chose, Mlle Denisot a déclaré qu'elle avait cherché à attenter à ses jours, qu'elle avait fait volontairement chavirer son canoë... Que pensez-vous de ce suicide manqué?

– Oh! Elle est bien capable...

– Capable aussi, peut-être, d'avoir improvisé cette fable...

– Improvisé... Vous voulez dire qu'elle aurait menti. Mais pourquoi?

– Mettons : pour effrayer sa mère.

Les craintes de Marguerite se muaient en douleur

physique. Elle prit conscience de sa responsabilité terrible. Et elle faillit se libérer, dans un cri.

Elle remit les mains dans ses poches, les enfonça à faire craquer l'étoffe. Non. Elle n'avait pas le droit. Son secret l'enchaînait, la faisait complice malgré elle... M. Flessois égalisait les pointes de sa pochette. Il reprit d'une voix neutre :

– M. Fombieux m'a dit qu'on tirait tous les volets du rez-de-chaussée, le soir.

– C'est Madame qui l'exigeait.

– Depuis longtemps?

– Oh oui!... Enfin, juste depuis deux ans, depuis...

– Et la porte, c'est vous qui la fermiez?

Pourquoi cette question? N'était-il pas évident que Fombieux avait également répondu sur ce point.

– Ça dépend... Quand tout le monde est couché, je donne un tour de clef, en partant, pour éviter à Madame ou à Monsieur de redescendre... Mais quand ils sont encore debout, c'est eux qui vont tourner le verrou.

– Ainsi, hier au soir?

– Hier au soir, c'est moi qui ai fermé.

– Et en arrivant, ce matin, vous avez trouvé la porte ouverte.

Elle fit un signe affirmatif.

– Cela ne vous a pas inquiétée?... Quelle a été votre première pensée?

– Ben!... Que quelqu'un était déjà sorti.

Le magistrat avait l'air plus bonasse que jamais.

– Pour quitter la propriété, il n'y a guère d'autre ressource que la barrière... Les murs sont hauts, j'imagine mal Mme Fombieux escaladant...

– La barrière, oui.

– D'autant qu'il n'est même pas nécessaire de l'ouvrir... Elle est basse, les barreaux en sont largement écartés... Une barrière de parade... Comment expliquez-vous l'absence de votre maîtresse?

– Mais... je ne l'explique pas, monsieur le commissaire.

– Croyez-vous à une simple fugue?... Mlle Denisot s'est bien enfuie à plusieurs reprises du *Mesnil*; il n'est pas impossible d'admettre que sa mère...

– La petite, oui. La veille de son... accident, justement, c'est M. Fombieux qui est allé la rechercher.

Le commissaire tapotait le bras de son fauteuil. Une légère rougeur envahit ses pommettes.

– Je sais... Je sais... Mais c'est Mme Fombieux qui nous occupe... Dites-moi, avez-vous jamais soupçonné qu'il pût y avoir quelqu'un dans la vie de votre maîtresse?

Marguerite se cabra, comme sous une insulte personnelle.

– Quelqu'un!... Je vous jure bien, monsieur le commissaire...

– Comprenons-nous... Ce quelqu'un pourrait n'être qu'un ami, un grand ami... Disons, si vous préférez, un confident, un conseil... auprès de qui, par exemple, Mme Fombieux, bouleversée, aurait pu chercher un refuge, un réconfort...

De nouveau, Marguerite se sentit la proie du vertige. La sonnerie du téléphone lui épargna une redoutable réponse. M. Flessois décrocha.

– Allô!... Oui... Ah! c'est vous, Tiercelin... Alors?

– ...

– Vous êtes également passé au bureau des cars... chez les loueurs?

– ...

– Continuez, mon vieux, continuez. (Il reposa l'appareil, s'adressa à son secrétaire, par dessus la tête de la vieille femme :) C'est Tiercelin... Chou blanc sur toute la ligne.

Et Marguerite sursauta. Elle n'avait pas aperçu M. Magnard, en entrant. Elle s'était crue seule avec le magistrat. La découverte de cette présence insoupçonnée lui fit l'effet d'une traîtrise.

– C'est M. Magnard, mon secrétaire. Un silencieux... expliquait M. Flessois souriant. Où en étions-nous?

Marguerite feignit de chercher. Il n'insista pas.

– Eh bien, Marguerite Quiriou, voulez-vous dire à votre mari que j'aurais grand plaisir à bavarder quelques instants avec lui?

Il la raccompagna jusqu'à la porte.

– Quoi qu'il en soit, je suppose que vous allez continuer de servir au *Mesnil.* C'est une bonne maison tout de même, une bonne maison.

Comme il revenait sur ses pas, la sonnerie du téléphone vibra pour la seconde fois.

– Allô!... Oui... Qui?... La gendarmerie...

Les réponses du magistrat se limitèrent au mot: « Ah! » qu'il répéta à quatre reprises, sur un ton égal et à intervalles sensiblement égaux.

Il raccrocha, laissa la main posée sur l'écouteur, dit sans bouger:

– On vient de la retrouver sur les rochers. Morte.

Ils avaient pris la Simca. Fombieux conduisait brutalement, penché sur son volant, comme s'il avait voulu tirer la machine, à force de volonté. Sylvain se sentait comme un convalescent, le corps mou, le front moite et une légère migraine autour des yeux. Les premières maisons de Bénodet venaient à leur rencontre, fleuries, pimpantes, et l'on voyait un peu partout des voitures arrêtées, des valises en tas, des gens agités, tandis que s'ouvraient les fenêtres depuis longtemps closes et les portes gonflées d'humidité.

Sylvain essayait de comprendre... Depuis que le commissaire leur avait communiqué la terrible nouvelle, il reprenait obstinément, une à une, les mêmes idées. Il sentait obscurément qu'il possédait la clef du drame. Tout avait commencé avec le coup de poing. De cela, il était sûr. Il aurait moins aimé Claudette s'il n'avait pas failli la laisser couler. Dès cet instant la tragédie était en puissance; l'annonce des fiançailles n'avait fait que hâter... Oui, voilà ce qu'il ne fallait pas perdre de vue. Le reste, l'enquête policière, les suppositions, voire les conclusions de Flessois, tout était secondaire, ne pouvait mener à rien. A l'origine, il y avait cet amour *impossible*, pourri, condamné dès le principe. Cet amour innocent et pourtant vénéneux puisque, par un biais mystérieux, il provoquait la mort d'Angèle. Cette mort qui n'était, peut-être, que le prélude... Il faudrait tout avouer à Claudette. Tant pis! Il faudrait être honnête, au moins une fois. Et si elle prenait le parti de rompre...

La Simca traversait la place où Simone avait attendu Sylvain, à l'arrivée du car. Il y avait des flaques, sous les arbres, des moutons sur la rivière blême. Des marins se tenaient appuyés au parapet, leurs blousons gonflés de vent. Images banales, qui semblaient à Sylvain des images de fin du monde. Il savait, maintenant, qu'il ne serait jamais plus heureux. Il s'essuya les yeux.

– Une poussière? grommela Fombieux.

– Non. La pluie.

Et ce fut la gendarmerie. Fombieux entra dans une salle dont la porte s'ornait d'une grande affiche représentant une négresse à la poitrine nue : « *Jeunes gens! Engagez-vous dans les troupes coloniales...* » Déjà, il revenait, flanqué d'un gendarme qui poursuivait une explication. Ses mains dessinaient des courbes, puis descendaient, descendaient... C'était clair! Elles descendaient vers Angèle, couchée au pied de quelque falaise. Le gendarme indiqua la route à suivre.

Fombieux claqua la portière, écrasa le démarreur.

– C'est à deux kilomètres... Flessois nous rejoindra là-bas.

Et comme Sylvain le regardait toujours :

– Noyée! ajouta-t-il... Au même endroit que Denisot.

Il changea de vitesse pour aborder la côte. Sylvain

s'était enfoncé dans son siège, les bras autour des genoux. Quand Claudette saurait... Il essaya d'évoquer Claudette. Elle était probablement remontée dans sa chambre, et la vieille Marguerite devait se tenir auprès d'elle...

Marguerite arrangeait des œillets dans un vase. De temps en temps, avec le coin de son tablier, elle se tamponnait les paupières. Claudette, allongée sur son lit, ne pleurait pas. Elle était calme, parfaitement lucide, mais il lui semblait que son corps était comme celui d'une poupée de son. La domestique s'appliquait à marcher sans bruit, à poser sans bruit, sur la cheminée, le vase d'œillets. Par moments, malgré elle, un bref sanglot lui soulevait le visage, et vite elle regardait du côté de Claudette.

– Pauvre maman! dit Claudette... Je me demande si tout n'est pas mieux ainsi. Elle ne souffre plus...

Marguerite dut enfouir la figure dans son tablier. Elle étouffait.

– Depuis la disparition de papa, elle ne vivait plus. C'est bien vrai, dis, Marguerite? Elle se minait...

Marguerite vint s'asseoir auprès du lit.

– Tais-toi, bégaya-t-elle. Tu me fais peur... Je n'aime pas te voir si tranquille.

– J'ai du chagrin... mais pas comme pour papa, murmura Claudette. C'est terrible d'avouer cela, vois-tu, mais j'avais déjà quitté maman... en pensée... j'avais déjà quitté le *Mesnil...* Et aujourd'hui, il me semble que si je me laissais aller, que si j'avais trop de peine... j'aimerais moins Sylvain. C'est mal?

– Je ne sais pas. Je crois que... ce n'est pas bien.

– Penser qu'on ne saura jamais, reprit Claudette. C'est cela, surtout, qui est terrible...

Marguerite joignit les mains.

– Claudette... écoute...

– Elle a peut-être souffert... Tout ce que je vais imaginer, maintenant... chaque jour, chaque jour...

Elle tourna la tête en gémissant.

– Moi, je sais! cria Marguerite. Je l'aie vue... J'étais là quand elle est partie...

Claudette s'assit, d'un mouvement brusque.

– Raconte... Vite!

– Madame a fait du bruit en cherchant à ouvrir la barrière... Je ne dormais pas. Je me suis levée... Le temps de passer un manteau, elle était déjà sur la route... Elle marchait, elle marchait. Je la voyais bien, à cause du clair de lune... Je crois qu'elle parlait toute seule, mais j'étais trop loin pour comprendre... Tout d'abord, j'ai pensé qu'elle voulait se rendre à Bénodet...

– Après, après...

– Elle a pris à travers la lande, vers la mer. Je l'ai suivie jusqu'à la falaise.

– Elle s'est jetée?

– Non. Elle a suivi le sentier jusqu'à l'endroit d'où l'on descend à la plage, près des pêcheries.

Claudette voyait l'étroite piste bordée de chardons blanchâtres, et l'éboulis de rocs au pied desquels on avait découvert le cadavre de son père... Les rochers du douanier...

– Voilà les rochers du douanier, dit Fombieux.

L'auto tanguait sur un chemin de terre. Le bras tendu de Fombieux désignait des pointes grises qui dépassaient la crête de la falaise.

– Il paraît qu'un douanier a été enlevé là, il y a très longtemps, par une lame de fond... Je crois qu'il vaut mieux stopper... Nous irons plus vite à pied, maintenant.

Tout de suite, le vent leur noua la gorge, colla leurs pantalons le long de leurs jambes, comme de molles entraves. Ils coururent et furent essoufflés au bout de quelques foulées. La mer battait sourdement le rivage, et ils sentaient sous leurs pieds comme un ébranlement confus, comme une vibration de coups de mine.

– Heureusement que l'eau baisse! cria Fombieux.

Ils arrivèrent ensemble au sentier et découvrirent l'immense horizon chargé de nuées, les blocs écroulés de la pointe du douanier, puis, soudain, minuscules, dérisoires, des silhouettes qui s'agitaient, une ambulance qui avait laissé sur le sable deux longs traits parallèles comme des rails. Indifférents aux hommes, des goélands marchaient délicatement le long des flaques.

Sylvain, d'un seul coup d'œil, embrassa le spectacle, le mouvement souple et lent des vagues grises, la croix rouge peinte à l'arrière du fourgon, l'énorme éboulis flagellé d'écume et les frêles carcasses des carrelets tendues au-dessus du vide comme des mains ouvertes. Déjà, Fombieux dévalait. Sylvain le suivit. Il était aisé de courir sur les grandes dalles inclinées de granit bleu. Angèle n'avait eu aucune peine à s'aventurer jusqu'à la pointe.

Sylvain déboucha dans une crique étroite, qui lui parut pleine de monde. Il n'y avait pourtant là qu'une dizaine d'hommes, deux gendarmes, des pêcheurs et quelques estivants, chercheurs de crabes. Ils se redressèrent tous ensemble. A leurs pieds gisait une masse sombre et gluante qui était Angèle.

– Monsieur Fombieux? demanda celui des deux gendarmes qui tenait un carnet.

Fombieux avançait lentement, et les hommes reculèrent, se serrèrent les uns contre les autres. Derrière le mur de rochers fermant la crique, la mer s'écrasait et les embruns s'abattaient, d'instant en instant, mouchetant la pierre. Fombieux s'agenouilla.

– Dr Méhu, dit un des pêcheurs de crabes à Sylvain. Vous êtes peut-être un parent de... du mari?

– Non.

– Triste chose. J'ai découvert le corps par hasard... La pauvre femme a dû perdre l'équilibre, tomber dans ce trou au moment de la marée haute.

Le gendarme, accroupi auprès de Fombieux, notait

des choses sur son carnet. Et Sylvain constatait qu'il n'avait pas encore eu le courage de regarder Angèle au visage.

– Une chance que la mer n'ait pas emporté le corps, remarqua l'autre gendarme.

Des ruisselets s'échappaient des vêtements d'Angèle et, tout autour de la crique, on entendait l'eau refluer, s'enfuir à travers les cailloux avec mille murmures que recouvraient, à intervalles réguliers, les coups de bélier de la mer. Et une pluie de gouttes, blanches comme de la salive, s'abattait. Le gendarme écrivait toujours.

– Elle n'est pas trop abîmée, dit le médecin. Quelques écorchures aux bras et aux jambes... Mais, par exemple, un vilain coup au-dessus de l'oreille gauche... Sa tête aura porté sur un rocher, au moment de la chute...

– Bien sûr, murmura Sylvain, machinalement.

Il pensait à Claudette. Elle apprendrait, par les journaux, tous ces détails qu'on lui aurait épargnés. Dieu sait ce qu'elle imaginerait!... Le médecin parlait d'autopsie, employait des termes techniques, que Sylvain ne comprenait pas. Un des hommes tira une pipe qu'il alluma et, comme à un signal, les conversations reprirent.

– Notez bien qu'il peut s'agir d'un suicide, dit quelqu'un à mi-voix. Si elle était tombée du haut de la falaise, on l'aurait retrouvée écrasée... Vous me suivez? Il a fallu qu'elle vienne volontairement jusqu'ici... Et en pleine nuit, encore!

– Il faisait clair de lune, observa le médecin.

– En haut! Mais tout l'éboulis devait être plongé dans l'obscurité...

– Je l'ai perdue de vue, expliquait Marguerite. Mais je suis sûre qu'elle allait vers les rochers du douanier. A un moment donné, elle s'est dressée, elle gesticulait... et c'est alors qu'elle a crié...

– Quoi? Qu'est-ce qu'elle a crié?

Marguerite ferma les yeux.

– J'ai bien entendu. Elle a crié : « Robert! Robert!... », deux fois.

– Non, murmura Claudette. Non... Pas ça... C'est impossible!

– J'ai eu peur, dit Marguerite. Toute ma vie, je me souviendrai... J'ai cru que j'allais voir apparaître...

– Tais-toi!

Il y eut un long silence.

– J'aurais peut-être dû raconter au commissaire? chuchota Marguerite.

Claudette chercha la main de la vieille domestique.

– Non. Ne répète jamais ce que tu viens de me dire, jamais... à personne... Et même à moi, n'en reparle jamais, jamais...

Elles sursautèrent ensemble. Mais non! C'était Simone qui rentrait dans sa chambre...

– Que faisons-nous? interrogea Sylvain. On attend Flessois?

L'ambulance remontait, prudemment, vers la lande, et les gendarmes suivaient, poussant leurs vélos. Des curieux, sautant de roche en roche, se hâtaient maintenant vers la crique où le commissaire, arrivé quelques minutes auparavant, prenait des mesures avec un peloton de ficelle que déroulait son secrétaire. Fombieux avait son visage serré des jours de colère. Il haussa les épaules.

– Attendons-le. Au point où nous en sommes.

D'un coup de pied, il fit rouler sur le sable un petit galet veiné de rose comme une agate.

– Je connais Flessois, reprit-il. Timide, poli, mais ambitieux. Il enrage d'être toujours à Quimper. S'il peut m'embêter!... D'autant que ma situation n'est déjà pas très brillante... Vous comprenez : si la fabrique était en plein développement, il conclurait à un simple accident... Mais, tel que je le connais, il va établir qu'il s'agit d'un suicide... pour le moins.

– Pour le moins?

– Voyons... C'est très simple. Moi aussi, j'ai pu sortir cette nuit... Et vous aussi... Tout le monde... Impossible de prouver notre présence au *Mesnil*. Alors, Flessois a la partie belle. Il peut broder n'importe quoi... Nous accuser de n'importe quoi.

– Encore faudrait-il démontrer...

– Mon pauvre ami! Vous êtes jeune.

Là-bas, Flessois examinait une dernière fois la crique, puis, s'appuyant sur Magnard dans les endroits difficiles, s'efforçait de regagner la plage.

– Curieuse affaire, fit-il en arrivant. Cela ressemble à un accident... et pourtant!

Les yeux de Sylvain accrochèrent ceux de Flessois, qui étaient graves.

– Vous avez découvert quelque chose, commissaire?

– Quelque chose... quelque chose... C'est peut-être aller un peu loin. Mais si vous faites certains rapprochements...

Des gamins passèrent au galop.

– C'est là! criait le plus grand. Où sont les gens!

– Avant tout, continua Flessois, il faut que le médecin nous fixe sur l'heure approximative de la mort... A propos, quel est le notaire de Mme Fombieux? Toujours Me Goasquen?

– Ma femme était méfiante, dit Fombieux. Elle a pu choisir quelqu'un d'autre sans m'en avertir.

– Je vérifierai.

Le vent, de nouveau, bâillonna les quatre hommes. Ils avancèrent jusqu'à la Simca.

– Nous pouvons rentrer au *Mesnil*? cria Fombieux.

– Mais... bien sûr, répliqua Flessois, étonné ou jouant l'étonnement. A bientôt, messieurs.

La voiture du commissaire était arrêtée un peu plus

loin. Elle vira derrière la Simca et ne la doubla que sur la route nationale. Au passage, Flessois fit, de la main, un signe amical.

– Vous avez saisi le coup du notaire? grogna Fombieux.

– Non.

– C'est pourtant clair. S'il y a un testament en ma faveur, me voilà suspect, en vertu du vieil adage : *Is fecit cui prodest...* Et s'il n'y a rien, voilà prouvé que ma femme ne pouvait plus s'entendre avec moi... Dans les deux cas...

– Vous exagérez, dit Sylvain.

Fombieux ricana.

– Soit! Mettons que j'exagère.

Il ne desserra plus les dents jusqu'au *Mesnil* et monta s'enfermer dans sa chambre. Sylvain retrouva Simone dans le grand salon.

– Eh bien? questionna-t-elle, anxieusement.

– Eh bien... elle est morte. Noyée ou assommée. Probablement les deux... On ne sait pas encore. Ce qui est sûr, c'est qu'elle est tombée dans un coin où personne n'aurait l'idée de se promener en pleine nuit... Et ici?

– Rien, dit Simone. Claudette tient le coup. C'est Marguerite qui me paraît la plus touchée... Devine ce qu'elle faisait tout à l'heure... Elle décrochait la vieille canadienne et le chapeau qui étaient suspendus dans le hall, tu sais, les vêtements du père Denisot, et elle les emportait là-haut...

Sylvain alluma une cigarette et fit, sans regarder Simone :

– Il est curieux, ce commissaire.

– Curieux, pourquoi?

Sylvain contemplait le portrait inachevé de Claudette. Il souffla lentement une bouffée de fumée.

– Je ne sais pas... J'ai l'impression qu'il est plus fort qu'il ne paraît... Il arrivera... Oui, je crois qu'il arrivera... Mais ne sera-t-il pas trop tard?

VIII

– Vous garerez, François.

– Bien, monsieur.

– Pas de coup de téléphone? Pas de visite?

– Non, monsieur.

– Claudette?

– Elle est sortie, monsieur... avec M. Mézières... Mlle Mézières est dans le parc. Je l'ai aperçue tout à l'heure, en désherbant.

– Bon. Bon!

Fombieux se dirigea vers le *Mesnil*, sa veste sur le bras, et il semblait soudain très jeune, avec sa taille mince, son cou musclé, son allure nonchalante et souple. Il traversa la maison, jeta son veston sur une chaise, dans la salle à manger, ouvrit le buffet, se versa un grand verre d'eau de Vichy, le visage toujours immobile, l'air absent, un visage de somnambule ou d'inventeur. Il réfléchit une longue minute, son verre vide à la main, puis il referma le buffet, reprit machinalement son veston et passa sur la terrasse. Les tourniquets de François arrosaient lentement les pelouses, promenant des arcs-en-ciel à la pointe du gazon. Fombieux avança une main, sa main gauche, où l'alliance ne brillait plus. Elle était brûlante et se crispa, quand les premières gouttes l'atteignirent. Il aurait voulu marcher nu sous cette pluie. Il se sentait plus aride qu'un désert.

– Monsieur Fombieux?

Il pencha la tête. Simone était là, presque invisible, assise sur le banc au pied de la terrasse. Elle lui faisait signe, et il feignit d'être surpris, ne voulant point qu'elle pût soupçonner qu'il la cherchait.

– C'est le seul endroit où l'on trouve un peu de fraîcheur, dit-elle. Venez donc vous asseoir. Non, je vous en prie, ne remettez pas votre veste... Vous ne pouvez pas être simple, pour une fois?

Il rougit un peu et s'assit à l'extrémité du banc. C'était toujours la même chose! Dès qu'il voulait parler à la jeune femme, il se sentait comme prisonnier à l'intérieur de son corps. Celui-ci se mettait à obéir à un autre Fombieux, froid, dur, laconique, à peine poli. Et lui, pendant ce temps, le vrai Fombieux, il étouffait, il aurait voulu crier : « C'est faux! Tout ce qu'il raconte est faux... Moi, je vous aime, Simone. Personne ne vous aimera jamais comme moi. Et je n'ai jamais aimé une femme comme je vous aime. » L'autre Fombieux ricanait, le geôlier sarcastique qui opposait à tout le monde son visage maigre et farouche, où veillait perpétuellement une expression de défi.

– Mais je suis simple, dit-il. Seulement je déteste le laisser-aller, le débraillé.

– Vous préférez vous tenir au garde-à-vous? demanda Simone, taquine.

– Je dois bien me garder, dit-il tristement, puisque j'ai toujours quelque adversaire devant moi...

Elle s'approcha.

– Ça ne marche pas comme vous le désirez, avec le notaire?

Fombieux hésita. Il entendit crier, en lui, la voix bâillonnée. « Non! Ça ne marche pas. Au secours! Simone! Au secours! Vous seule pouvez m'aider. Sans vous... »

– Il est bien rare, dit-il, qu'une succession ne soit pas matière à chicane. J'ai, en effet, quelques ennuis.

– Confiez-les moi.

Il y avait, sur sa jupe, des ronds de lumière et le soleil touchait obliquement ses yeux, y éveillant un pétillement de paillettes dorées. La soif de Fombieux devenait plus ardente. Il parla, sur un ton involontairement rude.

– Le suicide d'Angèle n'a rien arrangé. Vous le

pensez bien. La pauvre femme! Elle n'entendait pas grand-chose aux affaires, mais enfin on pouvait quelquefois lui faire comprendre où était son intérêt... Elle tenait à l'usine... Je crois qu'elle aurait fini par accepter mon plan de modernisation. Tandis que maintenant...

– Eh bien?

– Il y a Claudette... Majeure dans quelques mois, elle va exiger des comptes, dicter ses conditions... En fait, l'usine lui appartient déjà. Si j'engage des dépenses, elle me donnera tort. Qui sait même si elle ne vendra pas son paquet d'actions... Je dépends d'elle. Non, non! Ne protestez pas. Elle me tient.

– Je crois que vous la jugez mal.

Fombieux faillit se lever et partir, tant l'observation lui semblait offensante.

– Je la juge mal, dit-elle enfin. Mais, voyons, elle me hait. Cela saute à tous les yeux.

– Vous estimez que l'usine représente une excellente affaire?

– Une affaire remarquable. Avant cinq ans, le capital peut être doublé, à condition de modifier nos méthodes.

– Alors, je vous le demande, croyez-vous Claudette assez sotte ou assez vindicative pour sacrifier l'avenir à je ne sais quel ressentiment ridicule.

– Parfaitement! Je le crois.

– Soit. En tout cas, vous oubliez Sylvain.

– Je n'ai pas l'habitude d'oublier qui que ce soit.

Ils se turent un moment, sentant bien, l'un et l'autre, qu'il allait leur falloir jouer maintenant les cartes maîtresses. Fombieux, une nouvelle fois, regarda Simone. Aussi loin qu'il put remonter dans ses souvenirs, il ne se rappelait pas s'être jamais confié à personne. Il ne s'était jamais confessé... ou seulement pour la forme, du bout des lèvres, en veillant à n'avouer que des manquements sans portée. Il ne voulait pas que quelqu'un pût voir clair en lui, pût avoir prise...

– Ecoutez, Simone, murmura-t-il (c'était la première fois qu'il l'appelait par son prénom). Je suis en état de légitime défense. Si je ne trouve pas un moyen pour empêcher Claudette de me nuire, elle me renverra, un beau jour, comme un domestique... Aidez-moi, voulez-vous. Je compte parler à Sylvain, je vais lui offrir une situation à l'usine, une grosse situation. Si, de votre côté...

– Non, dit Simone, nettement. Ce n'est pas ainsi qu'il faut procéder. Il ne faut pas donner à votre proposition des allures de complot. Ce serait le plus sûr moyen d'exaspérer votre belle-fille. Et elle n'aurait nulle peine à faire revenir mon frère sur sa décision. Vous ne pouvez savoir à quel point le pauvre Sylvain est malléable. Non! Vous devez faire votre offre en présence de Claudette. J'appuierai discrètement. Qu'est-ce que vous risquez?

Fombieux approuva de la tête.

– En fait, je proposerai à Sylvain quelque chose d'énorme. Tout le service de décoration à réorganiser. Normalement, Claudette devrait être flattée.

– Et une fois son mari dans l'usine, plus question qu'elle vende ses actions, acheva Simone.

Elle rit, mais gentiment, sans laisser percer la moindre ironie. Et pour montrer son désir de conciliation, elle ajouta très vite :

– Je crois votre idée excellente, monsieur Fombieux. Sylvain est un peu indolent. Il a besoin d'être pris en main et formé. Et Claudette n'est pas la dernière à s'en rendre compte...

Fombieux paraissait peu convaincu.

– Allons! fit-elle, ne prenez pas cet air mauvais. Enfin, Claudette n'est tout de même pas un monstre!

– Oh! Je reconnais ses qualités. Elle a du cran, elle est intelligente... Mais je ne peux m'empêcher de la détester. Voilà!

– Chut! s'exclama brusquement Simone. Les voici!

On entendait battre des portes dans la maison. Puis la voix de Claudette :

– Non. Il n'y a personne! Où sont-ils passés?

Fombieux leva légèrement la tête, pour s'assurer qu'on ne pouvait les voir des fenêtres du rez-de-chaussée. Et cette constatation le troubla. Simone avait surpris son mouvement.

– Rentrons, dit-elle.

– Vous craignez de vous compromettre.

– Ce n'est pas à moi que je pense. Mais à votre projet.

Ils eurent presque le même sourire, un peu contraint, et se levèrent ensemble. Il n'osa lui prendre le bras, mais il était sûr qu'elle n'aurait pas protesté. Il la laissa passer devant lui, songeant qu'un jour, peut-être, elle serait la châtelaine du *Mesnil*... Il s'aperçut alors que le soir était beau, l'air parfumé, et ses yeux se portèrent avec amitié sur la mince silhouette de Sylvain, qui apparaissait sur le seuil.

– A table! lança celui-ci. Claudette arrive tout de suite... Nous avons rapporté des crevettes de Bénodet.

Le soleil couchant entrait par les baies largement ouvertes, emplissait la salle à manger d'une lumière de légende, et la vaisselle d'argent flambait sur la nappe blanche.

– Quelle soirée magnifique! s'exclama Simone. Il y a longtemps que nous n'avions vu un pareil crépuscule.

Ils se turent tous les trois, se rappelant soudain que le soir précédant le suicide d'Angèle leur avait offert un semblable spectacle, le même coucher de soleil, éblouissant et pathétique. Sylvain se sentit vaguement oppressé. Il était enclin à découvrir partout d'inquiétants présages. Il prit place en face de Simone.

– Nous assurerons nous-mêmes le service, dit Fombieux à Marguerite. La viande froide est sur la desserte? Vous avez préparé la salade? Parfait! Vous pouvez disposer.

– D'ailleurs, personne ne doit avoir grand faim, ajouta Simone. Il fait si chaud!

Fombieux s'assit à son tour, devant la place de Claudette.

– Vous semblez fatigué, observa Sylvain.

– Un peu, oui. J'ai tant de mal, avec cette fabrique! Sans arrêt, je dois me battre avec le personnel. Vous ne pourriez imaginer.

– Qu'est-ce qu'on ne pourrait imaginer? jeta Claudette, qui entrait en courant.

Elle rapprocha sa chaise de celle de Sylvain, et caressa la main de son fiancé avant de s'asseoir. « Elle devient belle » songea Fombieux, et il fit, presque aimablement :

– Je parlais de l'usine. Il a fallu que je débarque Le Bihan... et Lecœur, par la même occasion. Ils devenaient impossibles... (Comme frappé d'une idée subite, il se pencha vers Sylvain.) Mais j'y pense, monsieur Mézières... ce Lecœur... vous pourriez le remplacer. Vous êtes très au courant de la peinture moderne... Vous savez quel but je me propose... Enfin, en quelque sorte nos intérêts... se confondent.

Le soleil le frappait de face. Ses yeux, ses joues, ses mains étaient rouges, et la grande veine fourchue battait sur son front. Cette ride, Sylvain la regardait avec gêne. Quand donc l'avait-il déjà remarquée?... Il revit Fombieux menaçant Claudette du doigt : « Vous, ma petite, je vous jure que vous regretterez vos paroles! »

« Je commence à dérailler sérieusement, pensa-t-il. C'est peut-être le plus chic type de la terre! »

– ... Avec quinze jours d'apprentissage, poursuivait Fombieux, mettons un mois, je suis certain que vous serez déjà capable de créer des petits modèles courants : des assiettes, des tasses. Le personnel aurait un élément de comparaison. Et c'est cela qui est important. Je ne me fais aucune illusion, notez bien. La partie ne sera pas gagnée du premier coup. Mais que nos voyageurs accrochent de nouveaux clients, que nos articles soient remarqués... j'organiserai d'ailleurs des expositions... il n'en faut pas plus, voyez-vous. Plus tard, bien entendu, nous nous attaquerons à des réalisations plus ambitieuses. Mais pour le moment... Vous avez visité mon petit laboratoire, là-haut. Si vous voulez, à partir de demain, il est à votre disposition...

Fombieux voyait le visage de Sylvain se figer peu à peu et une lumière sourde monter au fond de ses prunelles. Il ajouta, en mettant dans sa voix toute la chaleur dont il était capable :

– Si ma proposition vous agrée, vous pouvez vous considérer, dès maintenant, comme mon associé...

– Evidemment, je crois que je pourrais vous être utile, dit Sylvain. La décoration m'a toujours attiré. (Il parlait très lentement, et sa voix portait loin dans la pièce où l'ombre commençait de s'accumuler.) J'ai quelques idées... assez neuves, je crois... A mon avis, ce n'est pas tant le coloris qui importe, mais plutôt la forme, le mouvement... C'est là que doivent porter tous nos efforts. (Il prit la salière, l'éleva dans le jour montant, en détailla les parties d'un doigt preste.) Trop lourd... Trop travaillé... Trop chargé de détails... Je voudrais quelque chose de plus près de l'ébauche, de la matière... Une esquisse d'objet, plutôt que l'objet lui-même... Et les ouvriers comprendront. Je leur expliquerai... Quand ils auront vu naître ma salière à partir de la pâte, je suis sûr que...

– Marchez ! Marchez ! Je vous écoute, dit Fombieux qui venait de se lever pour allumer le lustre.

La lumière remodela leurs visages. Celui de Sylvain semblait un peu égaré et son front ridé trahissait un effort hors de mesure.

– Vous parliez des ouvriers que vous espériez convaincre...

– Oui... je...

Fombieux aperçut la main de Claudette posée sur le poignet de Sylvain, et il ne put retenir un sourire crispé. Il fit hâtivement :

– Eh bien, puisque vous êtes d'accord sur le principe, voulez-vous que, sans plus tarder, nous envisagions les aspects... matériels de notre collaboration.

Sylvain ouvrit la bouche. La main serra plus fort son poignet.

– Vous voyez bien que Sylvain refuse, dit Claudette.

Un brusque silence régna, que rendit plus solennel encore le chant des grillons, au fond du parc. Déjà, Sylvain et Simone n'existaient plus. Tendus l'un vers l'autre, Fombieux et sa belle-fille s'affrontaient du regard. La jeune fille reprit :

– Vous n'oubliez qu'une chose, c'est que l'usine est à moi.

– Et vous, vous oubliez que vous êtes mineure. Pour le moment, je suis responsable de l'affaire, et j'ai le devoir de prendre telle décision qui permet de sauvegarder vos intérêts. Car, en définitive, je travaille pour vous, ma chère Claudette.

– Je ne suis pas votre chère Claudette. Et vous vous moquez bien de mes intérêts. Si vous pouviez me dépouiller...

– Claudette! intervint timidement Sylvain. Je vous en supplie... Vous n'avez pas le droit...

– Pas le droit! Mais regardez-le donc... Depuis le début, il convoite notre fortune. Ah! Il sait manœuvrer... Et quand il rencontre un obstacle trop redoutable...

Fombieux plia sa serviette, posément. Mais tous les muscles jouaient sur son visage.

– Précisez votre pensée, voulez-vous?

– Vous y tenez vraiment? Eh bien, je me demande

pourquoi vous avez attendu le *suicide* de maman (elle souligna le mot) pour faire votre proposition à Sylvain? Pourquoi ne vous contentez-vous pas de diriger la fabrique *comme avant*?... Vous me croyez décidément bien bête, monsieur Fombieux. Mais je lis dans votre jeu. Il est assez clair. C'est moi qui vous gêne, *maintenant*. Mais que mon mari devienne votre associé...

Fombieux se leva et Claudette l'imita. Sa bouche tremblait, mais ses yeux ne faiblissaient pas...

– Sylvain refuse, répéta-t-elle. Devrai-je me suicider, moi aussi?

Fombieux empoigna son verre. Sylvain repoussa violemment sa chaise, se jeta entre lui et Claudette. Mais Fombieux laissa retomber son bras. Ses doigts blanchirent. Il y eut un bruit sec. Il ouvrit la main et les débris s'éparpillèrent sur la nappe.

– Résumons-nous, fit-il avec un calme impressionnant. Vous m'accusez d'avoir tué votre mère.

Elle éluda la question trop directe.

– Osez dire que vous n'essayez pas de vous servir de Sylvain?

– Petite garce!

Sylvain serra les poings.

– Sortez! Sortez immédiatement, Fombieux, ou je...

Fombieux tira sa pochette, essuya le sang qui coulait de sa main blessée.

– Calmez-vous, mon petit Sylvain... Et réfléchissez!... Que diable! Vous êtes assez grand pour vous décider seul.

Il s'inclina devant Simone et sortit, avec une aisance qui augmenta le malaise de Sylvain. Claudette essayait de reprendre sa respiration.

– Excusez-moi, bégaya-t-elle. Je n'ai pas pu me retenir... Une telle impudence!

– C'est égal! Vous avez passé la mesure, dit Sylvain.

Elle tourna contre lui sa colère.

– C'est cela! Soutenez-le! Ça vous flatterait, hein, d'être sous ses ordres!

– Claudette! Je ne vous permets pas...

– Je me passe de votre permission.

Elle traversa le salon, les épaules secouées de sanglots. Sylvain, désespéré, chercha le regard de Simone. Elle secoua la tête.

– A ta place, je resterais neutre. D'autant que c'est elle qui a tort... Fombieux t'a fait une offre magnifique...

– Oui. Je te vois venir. (Il se décida d'un coup, s'élança vers la porte :) Claudette!

La nuit était venue. Un trait rouge marquait encore l'ouest, très bas, derrière les frondaisons. La terrasse était déserte. Sylvain s'arrêta. Des insectes volaient autour de lui et des parfums violents montaient du jardin tiède. « Le banc », songea Sylvain.

Claudette pleurait, les bras entourant le dossier. Il se blottit contre elle.

– Je vous en prie, Claudette! Ecoutez-moi... Je ne supporterai pas de vous voir malheureuse... Je ferai tout ce que vous voudrez... Claudette! Je vais vous avouer quelque chose... Maintenant, oui, je vous aime... pour de bon! Au début, je ne sais pas... Je n'étais pas très sûr... Je faisais un peu semblant par... par défi. Je me dégoûtais tellement à cause... du coup de poing. Vous vous rappelez?

Elle avait relevé la tête, et il devinait son profil de jeune garçon et le cheminement brillant d'une larme, le long de son nez.

– Vous ne savez pas encore tout, Claudette... J'ai voulu vous abandonner... Si le bateau n'était pas arrivé!... Je vous détestais, à ce moment... Je détestais Simone. Car c'est elle qui m'a encouragé, que dis-je? qui m'a littéralement poussé à l'eau pour vous sauver... Vous n'étiez qu'une inconnue, et j'aimais la vie... Oh! comme j'aimais la vie... J'aurais fait n'importe quoi pour... Après... Eh bien, je me suis laissé mener par les événements... Vous étiez riche et moi je n'avais pas de situation... Je n'en ai jamais eue, voilà la vérité. Tout ce que Simone vous a raconté sur moi, mes expositions, mon succès, les contrats... de la frime... Je crois que je ne suis bon à rien... sinon à souffrir... et à vous aimer. Un pauvre bougre de peintre raté, Claudette, mais qui vous aime, maintenant, comme un malheureux... Voilà! Il y a longtemps que je voulais vous dire cela... Tout à l'heure, oui, j'ai été flatté, séduit par la proposition de votre beau-père. Mettez-vous à ma place, Claudette! Je voudrais tellement travailler, ne plus dépendre de personne... Vous ne pouvez pas comprendre... Ah! Il faudra bien qu'un jour je vous explique, que je vous avoue...

Il serra les tempes entre ses poings, et Claudette lui passa le bras autour du cou.

– Sylvain! Je vous en prie... Vous me faites peur...

– Cela vous serait égal d'épouser un garçon qui n'aurait pas été absolument loyal envers vous?

– Qu'est-ce que vous allez chercher, mon pauvre Sylvain!

Il se dégagea, la saisit à l'épaule, presque avec rudesse.

– Ah! Partons! Partons tout de suite! Claudette, je vous jure que je ne suis pas fou. Partons! Cachons-nous quelque part où personne ne puisse nous retrouver... jamais.

– Non!

– Qui vous retient, Claudette? Moi, je suis prêt... Prêt à rompre avec tout mon passé, à recommencer avec vous...

– Chut! Ecoutez!

– Quoi?

– Il me semble qu'on a marché.

– Claudette! C'est notre vie qui est en jeu... notre bonheur... Partons!

– Y songez-vous, Sylvain? Que j'abandonne le *Mesnil*!... Que je laisse la victoire à... cet homme!... Non! Non! Ne serait-ce que pour mes parents, je dois rester, je dois lutter. Et Fombieux ne sait pas tout ce dont je suis capable. Ah! cette fois...

Elle se leva, fit quelques pas rapides dans l'allée. Sylvain la rejoignit.

– Je suis sûre qu'il y avait quelqu'un, souffla-t-elle.

Une porte se ferma et ils se retournèrent, inquiets.

– On nous écoutait de la terrasse, dit Claudette. Venez!

Elle gravit les marches en courant. Sylvain la rattrapa, et ils franchirent ensemble le seuil du salon. La pièce était vide et obscure. Mais un bruit s'élevait de la salle à manger.

C'était Marguerite qui desservait la table, empilait les assiettes sur un plateau.

– Vous n'avez vu passer personne? demanda Sylvain.

La vieille domestique haussa les épaules. Depuis la mort de sa maîtresse, elle était brusque et d'humeur farouche.

– J'ai vu M. Fombieux, dit-elle. Il avait soif. Il est venu chercher la bouteille d'eau minérale.

– Mais quand?

– Est-ce que je sais!... Tout à l'heure. Pourquoi?

– Oh! pour rien, fit Claudette. Va!... Tu feras la vaisselle demain.

Marguerite attacha sur le couple un regard dur.

– Je vous dérange, peut-être.

– Pourquoi nous dérangerais-tu?... Allez! Va te coucher. Tu dois être fatiguée.

– Attendez au moins que je ferme.

Déjà, elle marchait vers la fenêtre ouverte.

– C'est inutile! fit nettement Claudette.

Marguerite laissa tomber les bras.

– Inutile! Ah ça! Tu n'y penses pas. Tu voudrais que...

– Quelle importance!

Sylvain les observait, sentant que leur querelle avait un objet bien précis, qu'elles étaient seules à connaître. Marguerite secoua lentement la tête et fit demi-tour, chemina vers le vestibule, voûtée, tassée. Il devina qu'elle se signait.

– Qu'est-ce qu'elle a? murmura-t-il.

– Elle est devenue complètement folle, dit Claudette.

Elle éteignit, prit la main de Sylvain, et ils montèrent en silence... jusqu'au second.

– Vous ne m'en voulez pas trop? chuchota Claudette.

Elle se tenait sur le seuil de sa chambre et sa silhouette se découpait faiblement sur la pénombre de la pièce. Sylvain l'attira contre lui.

– Mon amour!

Elle se dégagea doucement, pénétra dans sa chambre à reculons, poussa la porte à demi. Il ne voyait plus d'elle qu'une tache très pâle qui était son visage. Une fois encore, il se pencha pour boire à cette source fraîche. Il brûlait et oscillait sur ses jambes, comme un malade. Mais le battant se referma, et il entendit glisser le verrou.

– Pourquoi? interrogea-t-il, très bas. De qui avez-vous peur?

Et la voix de Claudette lui parvint, lointaine.

– De moi, mon chéri... De moi seule!

IX

Ce fut la lame de son rasoir qui ne coupait plus. Ce fut ensuite son lacet qui cassa, et il jura entre ses dents. Un jour gris filtrait à travers les vitres dépolies du cabinet de toilette, sur lesquelles des gouttes de pluie, d'instant en instant, s'écrasaient. Encore une sale journée! Une de plus... Fombieux en avait assez de tout, du *Mesnil*, de la fabrique, de la vie! Il noua sa cravate d'un geste brusque, but deux fois au lavabo, dans son verre à dents.

Il descendit l'escalier doucement, s'arrêtant un peu sur chaque marche, rafla sa gabardine au portemanteau, enfila ses gants. La porte ouverte, il découvrit le jardin ruisselant, l'allée parcourue de rigoles et, à travers les branches du lilas, le portail blême, les nuages obliques qui montaient de la mer. Un jour de plus...

Fombieux fit un pas, glissa sur les feuilles tombées, se rétablit d'un tour de reins, regarda le lilas avec une haine subite. Tout lui était hostile, complotait contre lui. Il prit son élan, courut jusqu'au garage. Naturellement, le moteur, gelé par une nuit trop fraîche, refusait de partir. Les coups de démarreur se succédèrent, rageurs. François, un vieil imperméable jeté sur la tête, comme un sac, accourut à la rescousse.

– Vous allez pousser! jeta Fombieux.

– Monsieur est bien matinal, dit le domestique.

– Poussez donc!

La voiture ne pesait pas lourd. Le sol était en pente. Le moteur tourna, gronda à plein régime, toussa, repartit de plus belle. François ouvrit la barrière et Fombieux cria au passage :

– Fichez-moi le lilas par terre. Il gêne la vue. Ses feuilles tombent sur le perron. C'est dégoûtant!

Il roula quelques mètres, passa la tête hors de la portière :

– Je ne rentrerai pas déjeuner.

– Bien, monsieur.

La Simca fonça vers la porte, vira en chassant, et l'on entendit hurler le moteur derrière les arbres, à mesure que Fombieux changeait de vitesse. François secoua la tête avec réprobation et rentra dans le pavillon où Marguerite, déjà habillée, était en train de moudre le café.

– Voilà comment il est, grommela François. S'il n'a pas réveillé tout le monde...

– D'autant qu'ils n'ont pas dû s'endormir de bonne heure, observa Marguerite. Après une pareille soirée!... Je les entendais crier de la cuisine.

Ils se turent, songeant à tout ce que Fombieux voudrait encore faire abattre, couper, tailler, transformer... Il était le maître, à présent!...

– Tu sais, reprit Marguerite, et sa voix tremblait un peu. Je me demande si nous pourrons rester.

François, qui se coupait une tartine, posa la miche. Il y avait des jours qu'il les attendait, ces paroles. Lui-même s'était souvent posé la question. Mais sans jamais penser sérieusement qu'ils pourraient quitter le *Mesnil*.

– Je ne peux plus me supporter ici, ajouta Marguerite.

Elle gratta longuement la cuisinière, versa du charbon dans le foyer. François passait et repassait la lame de son couteau sur sa paume, sans utilité.

– Veux-tu que je t'accompagne avec le parapluie? fit-il.

Elle ne répondit pas, sortit, son plateau garni sur les bras. Et il préféra ne pas bouger, tant il la sentait irritable.

Partir! Marguerite était obsédée par ce mot. Partir... Elle se faisait de ce départ une représentation absurde : leurs affaires entassées sur une charrette, les chaises avec leurs pieds en l'air, le matelas roulé, la vieille pendule au timbre sonnant tout seul dans les cahots, et François suivant, le dos voûté, comme un réfugié... Mais il n'y avait plus moyen de rester. La maison était peuplée, maintenant, de trop d'ombres... On irait chez la cousine de Pont-Aven. On se ferait tout petits, on tâcherait d'oublier... Peut-être Claudette viendrait-elle, de temps en temps. Mais il vaudrait mieux s'habituer, peu à peu, à l'idée qu'on ne la verrait plus souvent. Cette fois, on était bien des vieux, à qui il ne serait même pas permis de remuer leurs souvenirs, le passé restant trop menaçant.

Marguerite cala le plateau sur son genou, le geste habituel. La porte s'ouvrit d'elle-même. Fombieux ne l'avait pas refermée. Marguerite éprouva cependant un petit choc. La porte s'était ouverte de la même manière, le matin où l'on avait découvert le lit vide.

C'était, depuis quelque temps, comme un cauchemar ramenant sans cesse les mêmes images et les mêmes terreurs. Peut-être les habitants du *Mesnil* disparaîtraient-ils ainsi, les uns après les autres... Et la maison resterait à jamais déserte, fenêtres closes, envahie par le lierre et la vigne sauvage. Marguerite, déjà, voyait les hautes herbes couvrant les allées, la mousse ourlant les portes. Et elle marmonna une courte prière, pour conjurer le sort.

Elle tendit l'oreille, en traversant le palier du premier étage. Mlle Simone marchait dans sa chambre, mais son frère devait dormir encore.

Nul bruit ne s'élevait, non plus, de la chambre de Claudette. Ah! Il lui en fallait du courage, à cette petite, pour coucher dans cette pièce solitaire à l'orée du grenier. Marguerite n'aurait jamais pu, elle qui, maintenant, se réveillait en sursaut, presque chaque nuit, et était obligée d'étendre la main pour sentir le bras ou le flanc de François, présence moite et pacifiante qui la rassurait peu à peu.

Elle frappa.

D'ordinaire, Claudette s'étirait, avec une sorte de gémissement de plaisir. La voix déformée par un bâillement, elle criait à Marguerite d'attendre, puis le lit grinçait. Claudette venait tirer le verrou et se recouchait, bien vite, tandis que la domestique ouvrait les volets, remettait un peu d'ordre dans la chambre. Le meilleur moment de la journée pour la vieille femme.

Marguerite frappa une seconde fois, et une brusque émotion la contraignit à poser le plateau sur le plancher. Claudette... était-elle... à son tour...?

Elle tourna la poignée, s'attendant à rencontrer la résistance du verrou. La porte céda, s'entrouvrit. Marguerite entra doucement, sur la pointe des pieds. Elle vit le lit, dans la pénombre, et s'affaissa mollement, ses jupes bien en rond autour d'elle, comme une marionnette dont le fil est rompu.

Flessois tira son étui à cigarettes... et le remit dans sa poche, après un rapide regard à la ronde. Heureusement, personne n'avait surpris son geste. Aussi bien, sa nervosité n'était pas sans excuse. Non qu'il fût particulièrement ému ou fatigué. Le crime, en soi, n'était pas plus affreux que beaucoup d'autres. Les données du problème étaient précises, et les dépositions que le commissaire avait recueillies, depuis une heure et demie, avaient toutes le double et rare mérite de la brièveté et la clarté. Seulement, il y avait l'atmosphère du *Mesnil.* Une atmosphère que Flessois ne connaissait que trop, et qui était si identiquement celle de « l'affaire Angèle Fombieux », qu'il finissait par ne plus trop savoir s'il continuait d'enquêter sur le suicide de la mère... ou sur l'assassinat de la fille.

L'heure, d'abord. C'était la même, ou presque. Et la même lumière lugubre. C'était la même odeur d'encaustique, les mêmes fleurs dans les vases du grand salon, où le magistrat avait, finalement, réuni tout le monde. C'étaient surtout les mêmes visages, figés, grisâtres, ces mêmes yeux qui semblaient regarder au delà du visible.

Une différence, pourtant : l'absence de Fombieux. De Fombieux qui ne savait pas encore, qui ne *devait* pas savoir, et que Flessois avait décidé de ne prévenir qu'un peu plus tard, après l'arrivée du parquet.

Le parquet?... Qu'est-ce qu'il attendait le parquet? Il y avait maintenant quarante minutes que le commissaire avait alerté Quimper, envoyé Magnard, avec sa voiture...

Flessois porta la main à sa pochette, toussa, affermit sa voix :

– Reprenons... ou plus exactement, résumons-nous. Comme chaque matin, Marguerite va porter le petit déjeuner à sa jeune maîtresse... A noter qu'il est un peu plus tôt que d'habitude; mais c'est là un détail secondaire... Elle frappe... Silence!... Elle tourne le bouton, encore que s'attendant à trouver le verrou poussé... La porte s'ouvre... Et c'est... c'est la découverte du crime. D'émotion, Marguerite s'évanouit... Vous, mademoiselle Mézières, entendant le bruit de sa chute, vous réveillez votre frère, lui dites qu'il se passe quelque chose d'anormal... et montez au second étage... En fait, votre témoignage est le seul qui présente quelque intérêt pour moi. A vos cris, en effet, votre frère, puis François, se précipitent, affolés, dans la chambre, où leur premier, et combien compréhensible souci, est d'apporter quelque secours à la victime. Mais tous les soins sont, hélas, depuis longtemps superflus. Et l'unique résultat de cette initiative... regrettable, est que nous ne retrouvons plus les lieux absolument tels que les a laissés l'assassin.

Flessois, un peu congestionné, chercha dans les feuillets qu'emplissait l'écriture hâtive de son secrétaire.

– Heureusement, vos souvenirs sont précis, mademoiselle. Je lis que les fenêtres et les volets étaient fermés, les rideaux tirés... que la pièce ne présentait aucun désordre... Enfin, et cela est capital : que la position du corps vous avait donné l'impression que Mlle Denisot avait été frappée alors qu'elle se tenait non pas couchée, mais assise, sa tête dépassant sensiblement le sommet de l'oreiller et touchant le montant du lit, et les couvertures ne recouvrant le corps que jusqu'à mi-hauteur de la poitrine.

» Pour le reste, ajouta le magistrat, en reposant son

papier, je n'ai eu qu'à juger par moi-même... Le coup a été porté avec un couteau, ou un instrument similaire, mais à lame très étroite. D'ailleurs, le médecin légiste nous le confirmera, en même temps qu'il précisera l'heure...

» Vous m'avez déclaré n'avoir entendu aucun bruit durant la nuit, mademoiselle. J'entends : même un très léger bruit, et que vous auriez pu, sur le moment, attribuer à une cause parfaitement naturelle.

– Je n'ai rien entendu.

– Et vous non plus, monsieur Mézières?

Sylvain se tenait cassé en deux sur une chaise, le menton sur les poings, les coudes sur les genoux. Depuis que Flessois les avait tous réunis au salon, il n'avait pas prononcé une parole, pas fait un geste. Rien ne montra qu'il eût compris la question. Son visage ravagé n'eut pas un tressaillement.

– Mon frère n'a rien entendu, dit Simone.

Le commissaire fit quelques pas de long en large, en se donnant de petites tapes sur la nuque. Marguerite, le nez sur son mouchoir roulé en boule, ne pleurait plus. Elle semblait taillée dans du bois. François, lui, avait trouvé le temps de passer son vêtement du dimanche. Mais sa cravate à système, mal accrochée, pendait. Il restait debout près de la cheminée, balançant ses grosses mains inoccupées. De loin en loin, il passait un doigt sur sa moustache, lorsqu'elle devenait trop humide. Flessois reprit :

– Marguerite, vous m'avez dit qu'hier au soir, sur l'ordre de Mlle Denisot – et contrairement aux habitudes –, vous aviez laissé ouvertes les fenêtres du rez-de-chaussée. Ainsi, un assassin, venu du dehors, aurait eu toutes facilités pour s'introduire dans la place. Mais, d'autre part, comment admettre que la victime (il retrouvait d'instinct le style administratif) ait ouvert sa porte à... un inconnu? N'est-il pas évident qu'elle connaissait intimement son visiteur, avait toute confiance en luit, qu'elle estimait surtout n'avoir rien à redouter... Voyez-vous qui pourrait être cette personne étrangère au *Mesnil*?

Et comme nul ne répondait.

– C'est particulièrement à vous que je m'adresse, François et Marguerite, vous seuls êtes suffisamment au courant..

La vieille domestique s'agita, remua les lèvres, voulut se lever.

– Vous avez quelque chose à dire? interrogea Flessois.

Il s'était arrêté devant elle, et elle le regarda avec effroi, comme s'il allait la frapper.

– Non... Mais je voudrais m'en aller. Je suis malade.

– Emmenez-la, François... Qu'elle se repose!... Qu'elle se couche!...

– Merci, monsieur le commissaire.

– Et moi? fit la voix de Sylvain. Est-ce que je peux retourner dans ma chambre?

C'était si inattendu que chacun sursauta. Les vieux époux qui, déjà, l'un soutenant l'autre, se dirigeaient vers la porte, s'immobilisèrent.

– Mais... certainement, monsieur Mézières. Je n'ai plus besoin de vous.

François entraîna Marguerite. Et Sylvain les suivit, en se tenant aux meubles.

– Il semble vraiment à bout, observa Flessois. Vous ne craignez pas qu'il s'abandonne à quelque acte désespéré?

Simone eut un léger mouvement d'épaules.

– Y songez-vous! D'ailleurs, il n'a pas d'arme.

– Il suffit d'un corde un peu solide.

– Non! Non! C'est un nerveux. Laissons-lui le temps de se remettre, commissaire. Certes, il a du chagrin. Mais enfin, Claudette n'était que sa fiancée.

Flessois avança un fauteuil près de celui de la jeune femme.

– De vous à moi, l'hypothèse à laquelle j'ai fait à

l'instant allusion : l'assassin venu de l'extérieur, n'a pas grand fondement. Et puis, pourquoi chercher un *ennemi* au dehors, alors que nous savons qu'ici même... (Il prit un ton confidentiel :) Revenons à la scène qui a eu lieu hier au soir. M. Fombieux vous a-t-il simplement donné l'impression d'être très en colère... ou d'avoir atteint un de ces degrés d'exaltation qui font perdre à un homme le contrôle de sa raison, de ses actes?...

– Non, non, fit Simone fermement. Sans doute, il était exaspéré, Claudette l'avait poussé à bout, comme elle prenait trop souvent plaisir à le faire. Mais il l'aurait giflée que j'en aurais déjà été surprise... tout en lui donnant mille fois raison. Quant à admettre qu'il ait attendu la nuit, et que de sang-froid... Non! Non!

Elle s'interrompit, apparemment confuse de la passion qu'elle avait apportée à sa réponse. Flessois reprit :

– Laissons donc, pour un temps, la colère de côté. Et reparlons de ces édifiantes confidences que M. Fombieux vous a faites juste avant le dîner. Vous m'avez déclaré ne pouvoir vous rappeler les mots exacts dont il s'était servi.

– Les mots exacts, oui. Je les ai oubliés. Après le choc de ce matin, il m'est, notamment, impossible...

– Je comprends. Je comprends. Mais en substance, il vous a dit...

Le magistrat chercha le regard de Simone. Elle fit d'une voix un peu sourde :

– Il m'a dit que Claudette le haïssait... qu'elle ferait tout pour lui nuire... et qu'il était certain que, dès qu'elle serait majeure, elle le chasserait de l'usine... comme on chasse un domestique.

Flessois jouait avec sa pochette.

– Et il a ajouté qu'il n'était pas disposé à se laisser abattre sans résister, qu'il était, au contaire, décidé à lutter...

– A lutter, oui, par des moyens légaux... Je vous ai même confié son projet, commissaire : prendre Sylvain comme associé afin de neutraliser Claudette... C'est le mot qu'il a employé, je crois. Et je vous avoue que j'ai été la première à encourager ce projet. Il me paraissait convenable que mon frère ait une situation à l'usine. Sylvain ne peut tout de même pas se contenter d'être le mari de Claudette. Pour lui, pour l'opinion...

– Bien sûr, fit hâtivement le magistrat, à qui ces considérations d'ordre familial apparaissaient manifestement comme dépourvues d'intérêt. Mais ce projet était la seule et unique chance qui restât à M. Fombieux, sa dernière carte. Après l'échec de ce moyen... légal, il n'avait plus...

Elle se recula un peu, le contempla avec une vague épouvante.

– Ce n'est pas possible, commissaire. Croyez-moi, ça ne lui ressemble pas.

Il ébaucha un sourire rassurant.

– Je ne l'accuse pas, remarquez... Je tire les conclusions qui s'imposent et qui seront également, je le crains, celles de M. Irois, le juge d'instruction. Mais je ne néglige pas, pour autant, les objections. Et elles sont de taille! Quelles raisons aurait eues Mlle Denisot d'ouvrir sa porte, en pleine nuit, à son beau-père, surtout après la terrible discussion de la veille?... Enfin, M. Fombieux n'est pas dénué de bons sens. Il devait bien penser que les soupçons se porteraient immédiatement sur lui... C'est même cela qui, à y bien réfléchir, me paraît le plus sérieux argument en sa faveur. Ce crime serait tellement stupide... (Flessois consulta sa montre, se leva.) Mais qu'est-ce qu'ils fabriquent?... A croire qu'ils sont tombés dans un fossé.

Simone se leva à son tour.

– Si vous n'avez plus besoin de moi, commissaire... Je voudrais commencer à préparer nos bagages.

– Vos bagages?... Vous avez l'intention?...

– Oui, je désire quitter le plus rapidement possible le *Mesnil*, avec Sylvain... Il nous est maintenant difficile de demeurer ici, reconnaissez-le. Enfin, j'ai beau avoir les nerfs solides, je sens qu'à la longue...

– Et vous iriez?

– Simplement à Bénodet. A l'hôtel où nous étions déjà descendus : *La Caravelle*. Nous y attendrions les obsèques. Après...

Flessois secoua la tête.

– Je comprends fort bien. Mais je doute que M. Irois vous laisse partir. Les nécessités de l'enquête... Il faudra bien deux ou trois jours. A moins que...

Il la suivit des yeux, et il faillit faire claquer sa langue quand la porte se referma. Une femme comme il les aimait! De la tête! Du nerf! Et une ligne!...

Il décrocha le téléphone, appela Quimper.

– Allô!... Ah! C'est vous, Tiercelin... Pas encore partis?... Mais qu'est-ce que vous foutez?... Quoi?... Le médecin légiste... Eh bien, il vous rejoindra ici... Dites-moi, vous avez bien envoyé quelqu'un à l'usine... Hein?... Oui, qu'on le surveille discrètement... Qu'on le suive, s'il s'éloigne... Mais rien d'autre, hein! pas de bêtise... Tant que M. Irois n'aura rien décidé... Oui... Grouillez-vous, mon vieux, grouillez-vous...

Il raccrocha avec un soupir, tira son étui à cigarettes. Une affaire empoisonnante! Il était curieux de savoir ce que déciderait Irois. Oserait-il, sur de simples présomptions?... Tout de même, Fombieux était quelqu'un, dans le pays. Un beau scandale en perspective. Or, si Irois était arriviste, il était également prudent. Pas un homme à risquer sa carrière... Une belle affaire, peut-être, à condition...

On frappa, c'était François.

– Ma femme est au lit. Je crois qu'elle va dormir... Alors, je suis venu voir si monsieur le commissaire a besoin de quelque chose.

Flessois fumait à petits coups pressés.

– Une tasse de café, tiens! Ça m'éclaircira les idées... Ah! une minute, François... Répondez-moi franchement, qu'est-ce que vous pensez de votre maître?

Interloqué, François fit remuer toutes ses rides et se gratta l'oreille.

– Ce que j'en pense... Ben! Il est plutôt froid, autoritaire... Fier aussi; enfin, pas bavard... Si c'est ça que vous voulez savoir.

– Pas exactement. En un mot, le croyez-vous capable d'avoir...

– Je ne suis pas le bon Dieu, dit lentement François. Mon sentiment est que M. Fombieux n'aurait jamais pu... même s'il avait voulu... en pensée. C'est difficile à expliquer, ces choses-là... Ça se sent. C'est tout.

Son regard honnête pesait sur le commissaire. Flessois secoua sa cendre avec soin.

– Toute question d'intérêt mise à part, il la haïssait, n'est-ce pas. Ils se haïssaient. Vous viviez ici dans une atmosphère pourrie.

– Oh! Ne croyez pas qu'ils se disputaient tout le temps, monsieur le commissaire. C'était même plutôt rare... Et c'est peut-être ce qui était le plus terrible... Le plus souvent, ils semblaient s'ignorer. Pour la petite, c'était comme s'il était invisible. On aurait dit qu'elle regardait à travers lui... qu'il était transparent, si vous voulez. Et elle parlait de son père exactement comme si le pauvre Monsieur était absent, simplement en voyage... et non pas mort et enterré.

– Elle n'imaginait tout de même pas...

François éleva ses lourdes mains en un geste de protestation.

– Comment aurait-elle pu imaginer?... Non. Elle cherchait seulement à exaspérer M. Fombieux. Ça crevait les yeux. A tout instant, elle lui faisait sentir qu'il n'était pas à sa place, au *Mesnil*... Et, sans l'aimer beaucoup, nous en arrivions, Marguerite et moi, à le plaindre. Parce que, au fond, il n'est pas méchant. Il aurait suffi qu'il ait un foyer, comme les autres.

– Quelle impression vous a-t-il faite, tout à l'heure, en partant?

– Celle d'un homme excédé, nerveux... Il m'a ordonné d'abattre le lilas.

– Le lilas?

– Oui. Celui qui est au bas du perron. C'est le pauvre Monsieur qui l'avait planté... Abattre le lilas?... Est-ce que quelqu'un qui viendrait de tuer aurait la tête à s'occuper à de pareilles bêtises?... En tout cas, ce n'est pas moi qui l'abattrai, le lilas!

– Vous m'avez bien précisé que ni votre femme ni vous n'aviez assisté à la scène qui a éclaté durant le dîner.

– Oui, monsieur, le commissaire. M. Fombieux avait demandé à Marguerite de ne pas s'occuper du service. On avait bien compris qu'ils avaient à parler.

Flessois tira une nouvelle cigarette.

– Eh bien, je vous remercie... Faites-moi du café, raide... C'est tout juste s'il ne fait pas froid, ce matin... Vous voulez me demander quelque chose?

– C'est-à-dire... Enfin, c'est surtout ma femme... On voudrait s'en aller, voilà!

« Vous aussi! » faillit s'exclamer Flessois. Il regarda curieusement le domestique.

– Vous en aller... mais quand?

– Oh! le plus tôt possible... Qu'est-ce que nous ferions ici, maintenant que la petite... Nous avons une cousine à Pont-Aven... Une cousine du côté de Marguerite... (Il hocha pensivement la tête, passa le doigt sur sa moustache :) Il y a longtemps que nous aurions dû partir. Il y a deux ans. Quand le pauvre Monsieur...

– Bon! Bon! grommela Flessois. Nous verrons cela après l'enquête. Mais pour le moment, pas question de quitter la maison pour personne.

Le coup de klaxon le fit sursauter.

– Filez!... Plus besoin de café. C'est le Parquet. Filez! Filez!...

Il se précipita dans le vestibule.

M. le juge d'instruction Irois escaladait allègrement le perron, suivi de Magnard et de l'inspecteur Tiercelin. Le médecin-légiste, un vieillard ventru, fermait la marche.

– Par ici!... Par ici!... répéta Flessois, d'une voix de guide, en s'engageant dans l'escalier.

Le juge le tira par la manche.

– Des empreintes?

– Aucune. C'est-à-dire : trop! Quatre personnes nous ont précédés sur les lieux : M. et Mlle Mézières, des invités, et les deux domestiques.

– Des soupçons?

Ils atteignaient le second étage. Flessois poussa la porte de la chambre. M. Irois souleva son chapeau.

La mort avait durci les traits de Claudette. Son visage était celui d'une fillette, poussée trop vite. Sous les paupières, imparfaitement baissées, les yeux semblaient regarder quelque chose, au pied du lit.

Le drap était tiré jusqu'au menton. Le médecin légiste le rabattit, écarta largement la chemise de nuit, découvrit la blessure. Nettoyée, elle présentait l'aspect d'une très fine coupure, à peine un centimètre.

– Presque un coup de canif, murmura M. Irois.

– Un canif dont la lame eût été longue, grommela le médecin. Il est évident que le cœur a été atteint, traversé.

– Mort foudroyante, bien entendu.

– Elle n'a même pas crié, intervint Flessois.

– Ou, plus exactement, nul n'a rien entendu; ce qui n'est pas la même chose... Enfin, n'oublions pas que cette malheureuse a pu se taire volontairement. Le cas est rare. Mais il se rencontre. Rappelez-vous l'affaire Bouchonnais...

– Je m'en souviens, fit Flessois. Seulement, dans

l'affaire Bouchonnais, l'assassin avait, autant dire, signé son crime. Tandis qu'ici...

X

Il avait encore plu le matin et, maintenant, il faisait si chaud que le goudron de la route fumait et qu'un brouillard montait de la lande. La mer était basse, retirée très loin, et l'on entendait les mouettes jacasser sur les bancs de vase. Des silhouettes de pêcheurs se dessinaient en traits grêles, au bord du flot. Une lourde muraille de nuages barrait l'horizon. Il y avait, dans le silence, quelque chose de suspendu, de poignant, qui donnait envie de se coucher et d'attendre.

Sylvain avait dépassé le rocher du douanier, longé la partie de la plage où se dressaient encore quelques tentes. Il avait devant lui des kilomètres de sable, d'un blond pâle, sans une empreinte, où la laisse de haute mer traçait une ligne sombre qui se perdait dans un lointain un peu noyé. Il était seul et tant d'espace, autour de lui, parvenait difficilement à le rassurer. Il sentait le *Mesnil* derrière lui, comme une menace. Il avait peur. Si Claudette avait accepté de partir... Il fallait partir, tout de suite, comme il le lui avait proposé, sans tourner la tête. Claudette avait voulu attendre. Elle était morte. Pourquoi? Inutile de chercher pourquoi. Pourquoi Robert Denisot s'était-il noyé? Pourquoi sa femme s'était-elle échappée, en pleine nuit, de la maison? Pas de pourquoi. Le mauvais sort.

Pourtant, la vérité, peut-être Sylvain l'aurait-il découverte, s'il avait eu le courage de regarder chaque événement bien en face. Mais il n'était pas habitué à regarder en face. Tenait-il même tellement à connaître la vérité? Il avait seulement besoin de sécurité, de repos. A quoi bon savoir ce que l'on est, ce que l'on vaut? La vie est faite pour être savourée au jour le jour. Peut-être aurait-il été malheureux avec Claudette, si volontaire, si intransigeante. Peut-être était-ce... une chance qu'elle fût morte. Ce sont des choses qu'on ne se dit pas clairement, qu'on a honte même de penser, mais qui endorment un peu le chagrin, qui permettent de ne pas désespérer tout à fait. L'amour n'est pas indispensable, si l'on veut bien être franc. Il donne à la vie du piment, de la couleur. Il corse l'existence, l'empêche d'être trop quotidienne. Il vous laisse croire aussi qu'on a un peu de génie, qu'on sera un grand peintre. Mais puisqu'on ne sera jamais un grand peintre! Puisque la réalité, c'est le train-train des jours, avec leurs menues besognes, leur ronde d'habitudes apaisantes... Ah! être un homme comme François. Sans désir. Prisonnier des plus humbles tâches... Etre garde-chasse ou bûcheron, vivre seul, en pleine forêt. Vivre seul! Sans être épié par une femme qui vous aime, qui s'inquiète de vos pensées, qui dispose de votre avenir, qui pousse en vous ses racines comme le gui sur le chêne. Se débarrasser de l'amour, de la fidélité. Cesser de devoir être plusieurs hommes à la fois. Devenir simple, sans détours! Et tant pis si le goût de la vie s'affadit, si l'ambition disparaît! L'essentiel est de survivre, d'être un œil qui regarde la plage, un visage que la réverbération des sables blesse doucement, un corps intact promis à une infinité de petites joies! L'essentiel est d'être encore au monde demain, après-demain, et encore après-demain, pendant des mois et des années. Adieu Claudette!

Les pieds s'enfoncent. La marche est pénible. Le soleil jette, entre les nuages, des faisceaux de lumière qui semblent faits d'une matière palpable, incandescente. Et, en plein ciel, venu on ne sait d'où, un cerf-volant se tient immobile, vibrant, posé sur sa queue comme un reptile. Sylvain sait bien, malgré tous ses efforts, que Claudette est, pour lui, toujours vivante, et qu'il est malheureux. Il a beau s'éloigner du *Mesnil*; une part de lui-même est là-bas, qu'il ne peut abandonner. Il fait semblant de partir, en ce moment. Il tire sur le lien invisible pour éprouver sa résistance, mais si ce lien venait à casser, Sylvain tomberait peut-être mort sur le sable, parmi les goémons et les débris informes d'anciens naufrages. Il s'arrête. La mer monte, poussant inlassablement un rouleau d'écume qui s'étale sans bruit. A peine si le vent siffle à ses oreilles. A droite, à gauche, la côte file, bleutée, comme suspendue au-dessus de la ligne d'horizon. Il est tard. L'ombre de Sylvain s'allonge, et c'est à cause d'elle que Sylvain est sûr de ne pas rêver. Il pourrait se coucher là, dormir. Seulement Sylvain est trop civilisé pour passer la nuit à la belle étoile. Il a besoin de manger dans des assiettes fines, de reposer dans des draps frais. Il a besoin d'entendre parler, d'entendre vivre, de sentir un toit sur sa tête. Il a aussi rendez-vous avec ses souvenirs.

Il fait demi-tour. Ses pas ont laissé une double rangée d'empreintes rondes, énormes, qui éveillent l'idée d'une bête. Sylvain regrette d'avoir souillé la plage. Il s'enfonce dans la lande, puis coupe à travers champs. D'instinct, il cherche le toit aigu du *Mesnil*, qui pointe, au loin, parmi les arbres.

Il y a des caisses devant le pavillon, des paniers, des paquets enveloppés de toile d'emballage, et François n'apparaît qu'au second coup de klaxon, un marteau à la main et la bouche pleine de clous. Il ouvre la barrière sans entrain. Fombieux passe, le pied écrasant l'accélérateur. Il vire sec, entre trop vite dans le garage, et les pneus dérapent en grinçant sur le ciment. La voiture bloquée pique du nez, gémit. Déjà Fombieux s'éloigne, après avoir claqué la portière. Il est préoccupé. Les yeux vagues, il ôte ses gants. Il marche nerveusement sur son ombre qui le précède. Devant le perron, il jure. François n'a pas coupé le lilas. Il est grand temps qu'il parte, celui-là. Encore un qui en prend à son aise. Toujours la même chose. Vous voulez être bon, les gens s'imaginent que vous êtes faible. Et si vous montrez votre autorité, ils vous détestent. A la fabrique, ils murmurent dans le dos de Fombieux. Comme ils auraient été heureux, tous, si Flessois était venu l'arrêter. Canailles! Ils ne se privent pas d'écrire à la craie, sur les murs, sur les portes, et jusque sur les panneaux de la camionnette *Fombieux assassin.* Au fond, personne ne croit sérieusement qu'il est coupable. Les journaux ont donné de longues explications, publié les mises au point des magistrats. N'importe! C'est un jeu. On le nargue, on le harcèle, parce qu'il est le patron, parce qu'il le restera. Mais tout cela va changer! Le premier qu'il surprend la craie à la main... Bon Dieu! La prison n'est pas faite pour les chiens!

Fombieux arrive au pied de l'escalier. Il y a une grande valise, le long du mur. Fombieux devine, et sa main étreint violemment la rampe. Brusquement, il escalade les marches, par deux, par trois... La chambre de Simone n'est pas fermée. Il pousse la porte. Simone, grimpée sur une chaise devant l'armoire ouverte, se retourne.

– Vous ne partez pas! crie Fombieux. (Il ajoute, plus bas, avec un mince sourire sans gaieté :) Vous ne pouvez pas partir... J'ai mal compris, n'est-ce pas?

Elle descend de son perchoir. Pour la première fois, elle semble surprise, un peu désemparée.

– Le commissaire... nous a permis, explique-t-elle en rougissant. Nous étions les invités de... de Claudette. Alors, maintenant...

Fombieux entre dans la chambre, referme la porte du talon.

– Maintenant, vous êtes les miens.

Et comme Simone recule, il s'arrête.

– Je vous fais donc peur? Vous aussi, vous avez cru que... Même vous. Vous avez cru cela! (Il s'assied sur le lit, passe la main dans ses cheveux, soupire.) J'aurai donc été abandonné par tout le monde, murmure-t-il.

Simone! Voilà trois jours que je veux vous parler... Ecoutez-moi. Je vous en prie... Asseyez-vous, d'abord.

Simone obéit, un peu raide et, comme le regard de Fombieux plonge dans l'armoire, se pose sur les lingeries, les dentelles, les bas roulés en boules, elle pousse doucement le battant. Fombieux baisse les yeux. Déjà, il ne trouve plus ses mots.

– Simone... Je vais vous choquer... Si, c'est forcé... Vous allez peut-être me trouver... odieux... Mais je n'en peux plus... Il faut bien que je vous le dise... Je n'aimais pas ma femme... Oui, je sais. Il y a seulement trois semaines qu'elle est morte, et il n'y a que trois jours que Claudette... J'aurais dû continuer de me taire... Mais quand j'ai vu votre valise en bas, tout à l'heure...

Il serre à deux mains la barre de cuivre du lit, et la veine bleue bat au milieu de son front.

– Ecoutez, Simone. Il n'y a plus qu'une chose qui compte pour moi : je suis libre! Libre! A partir d'aujourd'hui, je recommence à vivre. Je suis riche! Je ne l'ai pas voulu, mais c'est un fait. Je suis riche. Libre et riche! Alors, ne vous en allez pas! Vous n'avez pas compris que j'ai besoin de vous? Que, jusqu'à présent, je n'ai pas pu donner ma mesure parce que ma vie, ici, était... était... je ne sais pas, moi, quelque chose de dérisoire et d'horrible... Mais, avec vous, je suis sauvé. Avec vous, je suis capable de relever l'usine, de créer une véritable industrie... Tout est là, dans ma tête, depuis des mois et des mois... Un magasin de vente à Paris, un réseau de dépôts en province, une seconde fabrique à Marseille... Et *Le Mesnil* transformé, rajeuni... Une serre, un tennis, le vieux garage remplacé par un laboratoire... Tout est là, bien au point... Vous serez fière d'être Mme Fombieux...

Il s'arrête, à bout de souffle. Il tend la main, saisit le poignet de Simone, qui est glacé.

– Excusez-moi. Je n'avais pas l'intention de parler

comme cela. Je me suis laissé entraîner... Mais, au fond, il vaut peut-être mieux... Non! Ne répondez pas. Ne dites rien... Puisque vous savez tout, maintenant, prenez le temps de réfléchir... C'est très sérieux, Simone... Je ne suis pas éloquent. Je dis les choses maladroitement, brutalement. Mais je n'ai qu'une parole!

Simone se tait toujours. Elle respire vite et serre les mâchoires comme si elle craignait de claquer des dents. Fombieux se lève.

– Pour Sylvain, rien de changé, au contraire. Il devient mon associé, mon bras droit... Je lui donnerai la Simca, pour commencer.

Le soleil tombe, rouge, derrière les nuages du couchant. Un instant, avant de s'éteindre, il brille somptueusement dans la chambre. Fombieux n'oubliera plus ce reflet qui a illuminé les tragiques soirées du *Mesnil* et qui s'attarde quelques secondes encore autour de Simone.

– Réfléchissez! dit-il.

– Non. Je ne pourrai pas, chuchote Simone.

Fombieux s'arrête sur le seuil, les sourcils froncés.

– Vous me trouvez trop vieux?

– Non.

– C'est mon caractère qui vous effraie? Je vois bien que vous êtes effrayée, Simone... Parlez!

– Oh non! Ce n'est pas cela.

– Alors quoi? Vous craignez l'opinion?

– Si vous saviez comme je me moque de l'opinion!

Simone a une moue désabusée. Sa main tremble un peu, sur sa robe.

– Physiquement... je ne vous plais pas?

Il y a maintenant des larmes dans les yeux de Simone. Elle secoue la tête.

Et voici que l'on entend un pas hésitant dans le vestibule. Le pas d'un étranger qui chercherait son chemin.

– Qui est là? crie Fombieux.

– C'est moi!

Ils reconnaissent la voix de Sylvain et sont, tout d'un coup, soulagés de ne plus se sentir seuls. Fombieux se penche sur la rampe.

– Du diable, si je me doutais que c'était vous! Vous avez une façon d'arriver... Montez donc. Vous tombez à pic!

La tête de Sylvain apparaît au tournant de l'escalier.

– Je suis fourbu, lance-t-il. Perdu l'habitude de me servir de mes jambes. (Il se hisse sur le palier. Il porte un panier de cerises.) Je les ai prises au pavillon, en passant.

Ils se retrouvent en cercle, près de la fenêtre, comme de vieux amis. Ils piochent ensemble dans le panier, lancent les noyaux dans le jardin.

– Vous voyez, dit Fombieux à Simone, comme ce serait agréable!

– Qu'est-ce qui serait agréable? interroge Sylvain, la bouche pleine.

– Figurez-vous... que je viens de demander votre sœur en mariage.

Sylvain gobe trois cerises à la fois, tire sur les queues qu'il détache d'un coup sec. Il écrase les fruits entre ses dents, s'essuie les lèvres.

– Compliments! dit-il. A quand la noce?

Il est calme. Il paraît étranger au débat. Il vise un point dans l'espace et, pinçant les noyaux entre ses doigts, les fait gicler dans le vide.

– Votre sœur est encore hésitante, dit Fombieux.

– Elle a tort, répond Sylvain, négligemment. Vous lui offrez la fortune, la sécurité... Tout ce qu'une femme peut souhaiter. Tout ce qu'elle souhaite, j'en suis sûr. Moi, si j'étais à sa place, je n'hésiterais pas une minute.

– Sylvain!

– Votre frère a raison.

– S'il était vraiment à ma place, il ne parlerait pas comme il le fait, dit Simone.

Sylvain choisit soigneusement les plus belles cerises, celles qui se groupent par trois ou quatre sur la même branchette, et qui sont noires et lisses, un peu entamées par le coup de bec d'un moineau. Il les mange lentement, comme s'il n'y avait rien de plus important au monde que de savourer des cerises.

– Vous continuerez de vivre ici? demande-t-il.

– Ici, et à Quimper, dit Fombieux. J'ai aussi l'intention de voyager... Mais vous resterez avec nous; cela va de soi.

Un noyau ricoche sur la fenêtre, rebondit sur les graviers.

– Oh! moi, murmure Sylvain. (Il fait tourner une grappe, la pose à cheval sur son doigt. Il réfléchit.) Après tout...

– C'est impossible! dit Simone.

Sylvain repousse le panier; son visage s'anime.

– Moi, j'accepte. Vous nous offrez une chance, monsieur Fombieux. Notre meilleure chance! Ma sœur se fait prier, mais c'est pour la forme. Elle sera heureuse avec vous. Et elle le mérite, vous savez! Elle a toujours pensé à moi. Il est temps qu'elle pense un peu à elle. Moi, je ne compte plus. Je suis...

– Imbécile! crie Simone, d'un élan.

– J'ai bien le droit de vouloir ton bonheur... Epousez-la, Fombieux, et surtout emmenez-la! Qu'elle oublie tout ce qui s'est passé ici! Qu'elle vive!

– Et toi! lance Simone. Où iras-tu?

– Moi, dit Sylvain. Je peux très bien vivre seul. Au fond, j'ai toujours vécu seul! Et j'ai, maintenant, tant de raisons de désirer la solitude...

– Bien sûr, approuve Fombieux.

Il se penche vers la fenêtre pour regarder sa montre.

– Le repas doit nous attendre. Descendons! Nous

reparlerons plus longuement de nos projets en dînant.

– Vous en parlerez sans moi, fait Simone. Je suis lasse. Excusez-moi.

Fombieux s'incline avec raideur, puis prend le bras de Sylvain, l'entraîne. Les deux hommes font quelques pas dans le couloir. Simone appelle, sans bouger.

– Sylvain!

– Oui?

– Nous partirons demain.

Sylvain s'arrête.

– Venez! dit Fombieux.

Ils descendent l'escalier, prennent place à table. La soupière est presque froide.

– Cette Marguerite, observe Fombieux, quel caractère! Elle ne sonne plus la cloche! Elle met le couvert n'importe comment! Elle me rend responsable de tout, c'est clair.

Ils font semblant de manger. Fombieux remue les bouchées dans son assiette.

– Franchement, Sylvain, vous croyez que votre sœur a l'intention de partir demain?

– C'est possible.

– C'est possible! C'est possible! Vous dites cela comme si vous vous en moquiez complètement... Je suppose que vous allez faire quelque chose. Que vous allez la raisonner.

Sylvain pétrit distraitement une boulette de mie de pain. Il fait un effort pour s'arracher à sa rêverie.

– Si elle veut partir, fait-il, je crois que nous aurons du mal à l'en empêcher.

– Et vous l'accompagnerez?

Sylvain, d'une chiquenaude, lance la boulette à travers la table.

– Il faudra bien!

Un silence. Fombieux repousse son assiette, allume une cigarette. La première chauve-souris vole, devant la fenêtre.

Sylvain se sent épuisé. Il tend la main à Fombieux, monte dans sa chambre, écoute. Simone ne fait aucun bruit. Mais elle pleure peut-être. Il faudrait frapper, s'excuser d'avoir été aussi dur. Mais il y a des années que Sylvain fait le premier pas! Il jette son veston au hasard, sur une chaise. Il s'accoude à la fenêtre. Il éprouve une impression bizarre. Il lui semble que son enfance s'achève ce soir, que tout ce qu'il a vécu ne compte pas. Et, en même temps, il lui semble qu'il est devenu, d'un seul coup, un vieil homme...

Fombieux, seul, dans la salle à manger, fume. Il a sorti du buffet une bouteille de cognac. A la cigarette qui s'achève, il allume une nouvelle cigarette. Son poing chauffe le petit verre. Il regarde les étoiles, larges et troubles, que le vent semble secouer. Il boit sans hâte. Parfois, il tourne la tête vers le vestibule, repère, à une ombre plus marquée, la valise au bas des marches. Il ne déteste pas la rapide brûlure de l'alcool, sur sa langue. Il a chaud. Il devine que tous les soirs à venir se ressembleront, une énorme quantité de soirs, bout à bout... Il remplit son verre. Il le chauffe. Dans sa main, il tient peut-être la solution.

Mais il sait bien qu'il n'y a pas de solution.

XI

Sylvain trouva François dans le jardin, habillé comme un dimanche, et taillant encore des branches au sécateur.

– Vous voyez, monsieur Sylvain, dit piteusement le domestique. C'est plus fort que moi. Tant qu'il y aura des arbres et des fleurs à ma portée, il faudra que je fasse leur toilette!... N'allez pas au pavillon, surtout! (Il se redressa, une main large ouverte sur les reins.) Marguerite n'est pas à prendre avec des pinces. Il n'y avait pas plus pressé qu'elle de s'en aller. Et maintenant, elle grogne, elle pleure. J'ai préféré rester dehors en attendant l'heure du car. Oh! Ce n'est pas gai, bien sûr. Mais enfin nous ne sommes pas les plus à plaindre.

– Fombieux est déjà parti?

– Il doit même être arrivé à Quimper, au train où il allait! Cette malheureuse voiture! C'est ridicule, mais elle me fait pitié. Exactement comme un animal. Je n'aime pas qu'on tourmente inutilement les mécaniques. C'est fidèle à sa manière, une machine, monsieur Sylvain. Il est vrai qu'il a ses soucis, le pauvre homme! J'ai l'impression qu'il ne dort plus guère... et il boit!

– Comment?

François chercha machinalement la vaste poche de son tablier, où il avait l'habitude de loger son sécateur. Mais il ne rencontra que les boutons de son gilet et sa chaîne de montre, tendue d'un gousset à l'autre. Alors, il mit ses grosses mains derrière son dos.

– Tout à l'heure, il empestait l'alcool... Ce n'est pas bon signe, vous savez. Boire de l'eau de vie, comme ça, à 6 heures du matin!

– François! cria Marguerite, de la porte du pavillon. (Elle était, elle aussi, vêtue de noir, et portait une petite coiffe très simple, en forme de toit.) François! Si tu veux emporter tes vêtements de tous les jours, trouve-toi une autre valise. Parce que je n'ai plus de place.

– Une valise? dit François. Où veux-tu que je la prenne?

– Débrouille-toi!

François regarda Sylvain avec tristesse et remonta l'allée vers le *Mesnil*. Sylvain s'approcha de Marguerite.

– Un coup de main? proposa-t-il. Vous ne semblez guère en avance. Et le car est toujours à l'heure, à cause de la correspondance.

– Non, merci, dit Marguerite, d'un ton radouci. Nous serions déjà prêts si ce pauvre François y mettait du sien. Il est comme une âme en peine! Il tourne. Il se fourre dans mes jambes! Pire qu'un enfant! Avez-vous déjeuné, monsieur Sylvain?

– Oh! J'ai bien le temps.

– Et Mlle Simone? Faut-il lui porter...

– Non. Laissez-la donc dormir. Elle n'était pas très bien, hier soir. Elle n'a même pas dîné.

– Nous aurions pourtant bien voulu lui dire au revoir.

– Je lui ferai la commission. Et puis quoi! Nous nous reverrons.

Les deux pièces du pavillon étaient vides. La place des étagères et des meubles était marquée en clair sur la tapisserie. Il y avait de la suie sous la hotte de la cheminée. Des morceaux de papier et de ficelle traînaient un peu partout.

– Je n'ai pas encore eu le temps de balayer, s'excusa Marguerite. On a été tellement bousculés! (Puis, peut-être pour exprimer à sa manière son regret de partir, elle ajouta :) Vous n'avez pas très bonne mine, monsieur Sylvain. Vous devriez...

L'appel lui coupa la parole. Ou plus exactement : le cri. Elle joignit les mains, murmura :

– Mon Dieu!... Il est arrivé quelque chose!

Sylvain dut avoir la même pensée. Il pivota sur les talons, fit face au jardin, le visage contracté, puis se mit à courir vers la maison. François apparaissait jusqu'aux épaules, à la lucarne du grenier. Il était livide et respirait bruyamment, comme un homme qui vient de soutenir un combat.

– Qu'est-ce qu'il y a? cria Sylvain.

François se pencha, secoua vivement la tête.

– Non, non... Pas vous!... Ne montez pas! bredouilla-t-il. Marguerite!...

– Il y a encore un malheur! fit Marguerite qui arrivait.

Elle dépassa Sylvain et, relevant ses jupes, s'élança dans l'escalier. Sylvain n'essaya pas de la rejoindre. Il butait presque sur chaque marche. Il savait déjà. Il avait envie de s'asseoir et d'attendre... A quoi bon se hâter au devant de la dernière épreuve? Elle aussi, il l'avait prévue. Dès le début, il avait compris qu'ils étaient tous condamnés. Tous! Il ne restait plus qu'un mort en sursis, et c'était lui. Mais il se sentait déjà faible et mou, comme un moribond. Il montait de plus en plus lentement. On faisait du bruit quelque part... On gémissait... Il était perdu au centre d'images tournoyantes. Il ne reconnaissait plus le palier du premier étage, le coude de l'escalier. Mais il y avait des murs, des murs qui l'enserraient de toutes parts. Jamais il ne saurait sortir du piège qui se refermait sur lui. Il s'accrochait à la rampe, aux barreaux, comme un prisonnier à la grille de sa cellule. Peut-être allait-il s'éveiller? Peut-être n'était-ce pas vrai, cette maison aux chambres vides?

François venait au-devant de lui. Oui! C'était bien François. Il parlait... Il parlait de Simone. Pourquoi tant de précautions? De qui pouvait-il être question, sinon d'elle? Le grenier s'ouvrait à deux enjambées. On voyait la charpente, les solives reliées par des plaques de fer aux boulons énormes, la lucarne béante, ouvrant directement sur un ciel d'un bleu incroyablement léger. Tout cela net, réel, indiscutable. Quelqu'un pleurait... Il y avait un établi tout de suite à gauche, en entrant, et un mannequin de couturière monté sur un pied à vis, comme un tabouret de piano. Simone était couchée un peu plus loin, sur le plancher. Couchée, c'était le mot exact. Elle avait été déposée bien à plat, comme un récipient plein d'un précieux liquide qu'on ne veut pas faire déborder. Un récipient! Encore le mot exact! Car le sang ne s'était pas répandu. Un couteau au manche noir sortait de la poitrine, bizarre, incongru. On pensait à un couteau planté dans une miche. On avait envie de le saisir et de dire : voilà l'assassin. Après tout, sait-on si les couteaux n'éprouvent pas, parfois, le besoin de tuer, comme les hommes?

Marguerite pleurait. Vieille folle! Elle aurait mieux fait de filer avec François. Ils allaient manquer le car, et il faudrait ensuite les supporter, eux et leurs bonnes paroles, les avoir près de soi, débordants de condoléances et de conseils. Ils restaient là, comme s'ils avaient eu des droits sur Simone. Comment leur faire comprendre que Simone ne leur appartenait pas, qu'elle était sa chose, à lui, et que c'était à lui seul d'en disposer. Il aurait voulu s'étendre auprès d'elle, laisser entrer en lui le calme de la morte. Simone portait ses vêtements de la veille. Ses yeux étaient fermés. Elle dormait, sans rancune contre les vivants. Un rayon de soleil rampait sur le plancher, effleurait son espadrille droite. Ses bras étaient allongés, bien sagement. Ses mains se déformèrent, soudain, se dédoublèrent, devinrent floues et semblèrent trembler, d'un mouvement saccadé, comme une image de cinéma mal réglée. Sylvain porta les poings à ses yeux. Il pleurait à son tour, violemment. Il se vidait, d'un seul coup de toutes les armes accumulées depuis un temps incalculable. Il se vidait de toutes les envies de pleurer qui avaient tourmenté son enfance et sa jeunesse. Maintenant, il était seul. Simone ne pouvait plus le voir et lui demander : « Tu n'es donc pas heureux ? »

– Il faut téléphoner, dit François.

Il attendait une réponse de Sylvain. Le car s'arrêta, là-bas, à l'extrémité du chemin aux pommiers, donna un long coup de klaxon, puis repartit en ferraillant. On n'entendit plus, ensuite, qu'un oiseau qui marchait, tout près de leurs têtes, sur le toit. Ses pattes griffaient doucement les ardoises.

– Descendons! fit Sylvain.

– Il faut prévenir la police, reprit François. Cette fois, ils vont l'arrêter, je pense.

Arrêter qui? Sylvain retombait déjà dans une méditation douloureuse. Evidemment, la police devait venir, puisqu'il s'agissait d'un crime. La police!... Flessois...

François les précéda en courant. Dans le silence, on suivait facilement tous ses mouvements : la porte du salon se refermait toute seule, en grinçant un peu, l'appareil faisait entendre un petit bruit caverneux.

– Allô!

Sylvain arrivait au bas des marches, Marguerite sur ses talons.

– Pas encore là, disait François. Oui, oui, bien sûr. Il est trop tôt... Mais vous pourriez peut-être le faire prévenir... Mlle Simone Mézières... Mézières, comme la ville... M. le commissaire la connaît. Il se rappellera certainement... Oui, d'un coup de couteau... Mais, à l'instant même, sans ça, vous pensez bien...

Sylvain entra dans le salon comme François reposait le combiné.

– M. Flessois n'est pas encore arrivé. Ils le préviennent. Ils disent qu'il pourrait être ici dans un quart d'heure. Ils demandent qu'on ne touche à rien.

De nouveau, les murs tournèrent, lentement, et Sylvain dut s'asseoir. La voix de François questionnait, à travers des épaisseurs de brume :

– J'appelle M. Fombieux?

– Pas la peine! murmura Sylvain. Attendons Flessois.

Ils disent qu'il pourrait être ici dans un quart d'heure... Marguerite ouvre et ferme les portes du buffet. Elle discute avec son mari. C'est François qui chuchote : « Il a tout bu... Peut-être qu'un peu de cassis?... » Une bouteille est débouchée. Le goulot tinte contre un verre.

– Monsieur Sylvain! C'est du cassis. Buvez... pour vous remonter.

Sylvain n'a plus la force de remercier, d'allonger le bras. Il ferme les yeux et se retrouve seul. Seul, comme il l'a toujours été. Sans défense! Comme un enfant perdu! Il y avait bien Simone qui veillait sur lui, qui essayait de lui infuser son courage, sa violence... Elle ne pouvait pas savoir à quel point il était faible.

Faible! Mais tout de même pas incapable d'un sursaut... Il ira au-devant du commissaire, au-devant du danger. Pour quelques minutes encore, il est à l'abri. François et Marguerite sont là, qui le protègent. Il ne peut rien lui arriver. Mais il y a tout le jardin à franchir. Qu'adviendra-t-il de lui, dès qu'il se trouvera dehors? Atteindra-t-il la barrière? Au fond, peu importe! D'une manière ou d'une autre, le salut est maintenant tout proche. Des autos passent à toute allure sur la route. On les entend venir de loin; elles dévalent sur Bénodet. Il va faire chaud. Une belle journée! La première depuis longtemps. C'est peut-être un dimanche. François et sa femme sont habillés comme pour aller à la messe. Tout cela n'a, d'ailleurs, aucune importance. Ah! Une voiture qui ralentit. C'est drôle d'être tendu au point de voir, avec des yeux qui ne sont plus de ce monde, le conducteur débrayer, freiner peu à peu, s'arrêter devant le portail. Flessois descend, regarde le toit du *Mesnil.* De la route, on aperçoit distinctement le grenier, la lucarne. Flessois claque la portière. Le temps de compter jusqu'à cinquante, il sera là!

Sylvain ferme les doigts sur le verre plein de liqueur. Il attend un peu, puis, comme un ivrogne, il vide le verre d'un coup, en renversant la tête. Des larmes lui emplissent les yeux. Il se force. Non. Il ne toussera pas. Il veut entendre la cloche.

Et la cloche, brusquement, carillonne.

– Le voilà! fait François.

Sylvain se lève. Ses jambes sont fermes.

– Restez là! dit-il. C'est à moi d'aller lui ouvrir.

Il marche vers la porte, hésite imperceptiblement. Les deux vieux sont tassés au fond de la pièce, épaule contre épaule. La cloche, de nouveau, retentit, comme un signal impérieux. Sylvain ouvre. Il se découpe en noir sur le soleil. Il descend la marche, puis referme lentement la porte, après avoir inspecté le jardin, à droite et à gauche.

– Tu ne crois pas que...

Marguerite n'a pas le temps d'achever sa phrase. La détonation a claqué, sèche, si brève qu'on ne sait déjà plus si on a bien entendu, si c'est vrai! Mais la main de François se crispe sur celle de sa femme. Aucun doute!

La cloche...

XII

François se leva. Marguerite lui agrippa le bras.

– N'y va pas!... N'y va pas!...

Il dut la traîner jusqu'au seuil. Tout de suite, ils découvrirent le corps inerte, étendu au pied du perron.

Sylvain était couché sur le ventre, les mains prises sous lui, sans doute refermées sur la blessure. C'était son visage, à demi invisible, qui saignait. Il avait dû heurter le sol, violemment.

Les deux domestiques promenèrent à la ronde un regard craintif. Mais le calme habituel régnait dans le jardin. Un vent léger inclinait les tulipes, faisait courir un incessant frisson dans le feuillage du lilas, à travers les hautes branches duquel on apercevait le toit de tuile du pavillon et le sommet blanc du portail.

Maintenant, un filet de sang glissait sous le corps, cherchait sa route, promenant de petites bulles qui éclataient et renaissaient. Il se divisa, trouva une pente favorable, coula tout droit.

François se libéra de l'étreinte de sa femme, commença de descendre, lourdement. Marguerite cria sans force :

– Prends garde!... L'assassin...

– Tu penses bien qu'il ne nous a pas attendus, l'assassin... Et puis, nous ne risquons rien, nous, ajouta-t-il tristement.

Pourtant il hésitait à quitter la dernière marche,

comme s'il s'y fût trouvé plus en sûreté que dans l'allée. Soudain, ils entendirent le gravier craquer sous un pas rapide.

– C'est le commissaire! s'écria Marguerite avec une sorte de joie sauvage.

François s'élança, fit un crochet pour éviter le cadavre, contourna le massif. Il se cogna au magistrat, s'arrêta si brusquement qu'il perdit à demi l'équilibre.

Flessois n'avait pas pris le temps de se raser. Ses joues grises, ses vêtements fripés, sa cravate nouée lamentablement, lui donnaient un aspect vaguement inquiétant. Le triangle bleu clair de sa pochette détonnait.

– Il ne faut pas vous presser comme ça, mon ami, fit-il avec une lourde ironie. J'ai toute ma matinée.

– C'est vrai, monsieur le commissaire, balbutia François. Je vous ai fait attendre. (Et sans transition :) Vous n'avez pas entendu?

– Entendu quoi?

– Le coup de feu... M. Sylvain Mézières.

– Crénom! jura Flessois. Lui aussi... C'est complet!

Il dépassa le lilas, vit le corps. Marguerite était maintenant assise sur la plus haute marche; sa jupe relevée découvrait ses grosses jambes, gainées de laine. Flessois se pencha sur le cadavre, se releva aussitôt, le masque durci.

– Quand?

Comme les domestiques se taisaient, n'ayant pas compris la question, il reprit avec une légère nervosité, s'adressant à François :

– Quand est-il mort? Vous m'avez demandé si j'avais entendu la détonation. C'est donc que...

– Quand vous avez sonné, monsieur le commissaire. M. Mézières est sorti pour aller vous ouvrir. Nous nous tenions tous trois dans le salon depuis mon coup de téléphone à votre bureau.

– Et sa sœur? interrogea Flessois. Coup de couteau, m'a-t-on dit.

– Oui. Coup de couteau... comme Mlle Claudette.

– Elle est dans sa chambre?

– Non... au grenier.

– Au grenier?

– Oui, monsieur le commissaire... Faut vous dire que nous allions partir, Marguerite et moi... C'est en cherchant une valise...

– Allons! trancha Flessois.

François regarda sa femme, marqua une brève hésitation. Mais la présence du policier ne suffisait-elle pas à conjurer tout danger? Il gravit le perron devant le magistrat.

– C'est vous qui avez découvert le premier crime? reprit Flessois, comme ils s'engageaient dans l'escalier.

– Oui, monsieur le commissaire. Nous devions prendre le car. Il nous manquait une valise. Alors je suis monté au grenier, à tout hasard.

– Autrement dit, sans cette circonstance fortuite, vous seriez partis, votre femme et vous, sans soupçonner cet assassinat. Et le meurtre de Sylvain Mézières aurait également eu lieu sans témoin.

François s'arrêta.

– C'est ma foi vrai.

Le magistrat lui heurta les côtes.

– Marchez donc! Après vous, votre femme est montée au grenier... et M. Mézières.

– Bien sûr.

– Et M. Fombieux?

– Oh! lui... Il est parti de très bonne heure.

– Plus tôt que d'habitude?

– Oui... Beaucoup plus tôt.

La voix du domestique avait un peu fléchi.

– Ainsi, il n'est encore au courant de rien... Comme lors de la découverte du meurtre de sa belle-fille.

– Je voulais le prévenir. C'est M. Sylvain qui m'a dit qu'il valait mieux vous attendre.

Ils atteignaient le second étage. Flessois s'arrêta sur le seuil et parcourut, à plusieurs reprises, le grenier du regard, avant d'entrer. François demeura devant la porte.

– Cette arme, vraisemblablement celle qui a déjà tué Claudette Denisot, fit Flessois avec calme.

– C'est ce que j'ai tout de suite pensé... C'est ce que ma femme aussi, a dû penser, et M. Sylvain.

– Un couteau de la maison? de la cuisine?

– Non. Je ne le connais pas.

– Plutôt un coupe-papier, d'ailleurs. Un article de bazar.

Flessois, courbé en deux, décrivit un large cercle autour du cadavre.

– En tout cas, l'assassin n'y a pas été mou... Jusqu'à la garde... Cela explique que la blessure n'a pas saigné. Le manche a formé bouchon. Dommage!

– Dommage? répéta François.

Le magistrat se tourna vers lui, sans se redresser, ferma l'œil à demi.

– Oui. Dommage. C'est toujours précieux, les taches de sang. Il est vrai qu'ici elles seraient superflues.

Il désigna les pieds de la morte, puis le sol, recouvert d'une épaisse couche de poussière sur laquelle s'enchevêtraient des traces de pas.

– Vous distinguez des empreintes d'espadrilles, vous? Non, n'est-ce pas. Pourtant, ces semelles de caoutchouc, c'est ce qui marque le plus.

– Et alors?

Flessois se releva enfin, avec une douloureuse grimace.

– Alors... c'est tout simple. Le crime n'a pas été commis ici. L'assassin a seulement porté le corps. Menez-moi à la chambre de cette malheureuse.

Ils redescendirent et, cette fois encore, Flessois marqua un temps d'arrêt sur le seuil.

La pièce ne présentait aucun désordre; le lit n'était pas défait. Sur un petit guéridon étaient posés une trousse de toilette, un carton entouré d'une ficelle et le sac à main de Simone, un sac de daim à fermoir d'argent.

– M. et Mlle Mézières devaient partir aussi... Vous avez dû remarquer leur valise en bas, dit François qui avait suivi le regard du commissaire.

Flessois inclina la tête. Il se pencha sur le lit, puis sur chacune des chaises, sur le plancher, enfin. Il parut flairer la carpette.

– Le crime ne semble pas davantage avoir été commis ici. Je verrai les autres chambres tout à l'heure. Redescendons!

Il s'empara du sac à main, en inventoria rapidement le contenu, puis le glissa sous son coude.

– Pourquoi les avoir abattus aussi, ces deux-là? Ils n'étaient pas de la famille, pas dans la course... Ou alors, il faudrait admettre... Bon sang! Je commence à croire que nous nous sommes tous foutus dedans, de A à Z.

Marguerite était toujours assise, le regard perdu. Durant l'absence des deux hommes, elle n'avait pas fait un geste. Elle sursauta violemment en recevant, dans le creux de sa robe, le sac dont Flessois se débarrassait au passage.

Le policier enjamba le filet de sang, posa la main sur l'épaule du mort, et le fit rouler sur le côté. Le bras de Sylvain retomba. Ses doigts serraient la crosse d'un revolver. Flessois se mit à siffloter. Instinctivement, les domestiques s'étaient penchés en avant. Ils avaient vu, et Marguerite poussa un cri :

– Seigneur!

Flessois prit délicatement l'arme par l'extrémité du canon, la dégagea. C'était un revolver d'un modèle très réduit, presque un jouet, et dont la crosse s'ornait d'une incrustation d'ivoire représentant un trèfle à quatre feuilles. Un portefeuille dépassait d'une poche intérieure du veston. Il l'en retira, puis remit l'arme dans la main de Sylvain, ramena le bras contre la poitrine, et rendit au corps sa position primitive. Comme il se redressait, son regard rencontra celui de la vieille femme, un regard qui n'exprimait plus la frayeur, mais seulement la surprise et une incompréhension douloureuse.

– Cela vous rassure, hein?

Flessois tira son étui à cigarettes, frotta une allumette qui s'éteignit aussitôt. Il en frotta une autre, dut protéger la flamme entre ses mains.

– Quel vent! Pas étonnant que je n'aie pas entendu la détonation, de la route.

Il se mit à marcher, allant de l'angle de la maison au massif de lilas. Ce faisant, il avait ouvert le portefeuille de Sylvain, en avait tiré divers papiers, qu'il feuilleta. Il s'arrêta brusquement, le dos tourné aux domestiques qui l'entendirent s'exclamer: « Ah! Nom d'un chien! »

Un moment, Flessois demeura immobile, puis il reprit sa monotone promenade, d'un pas de plus en plus lent. Il semblait maintenant très calme, très à l'aise. Beaucoup plus que lors de ses précédentes enquêtes. Il bâilla, tout à coup, et sa cigarette tomba, traçant sur son veston un sillon d'étincelles, qu'il écrasa sans hâte, négligemment. Il bâilla de nouveau. Alors, le poing pressé au creux de l'estomac, il vint se planter devant le couple interdit.

– Vous n'auriez pas une tasse de quelque chose... et un peu de pain? Je n'ai pas pris le temps de déjeuner. Et vous voyez...

Cette fois, tout vestige de crainte s'effaça du visage des vieux époux. Ensemble, ils poussèrent un soupir, interminable, de soulagement. Pour la première fois, depuis des mois, depuis des années, depuis... l'accident de Robert Denisot, ils éprouvaient une impression de sécurité, d'apaisement. Pourtant, la placidité du commissaire, son débraillé sympathique, pour rassurants qu'ils fussent, ne pouvaient suffire à expliquer le miracle. Lors des précédents événements, la présence du policier n'ajoutait-elle pas, au contraire, à l'angoisse, au lieu de la dissiper? Il y avait donc autre chose. Etait-ce simplement cette lueur inhabituelle dans les yeux du gros homme, cette tranquille expression d'assurance épandue sur ses traits épais? Ou, mieux encore, cet air de jubilation intense avec lequel il caressait le portefeuille amoureusement pressé contre sa poitrine? Il semblait aux domestiques qu'un air nouveau, frais, pur, avait soudain soufflé sur la propriété. Pour un peu, ils eussent oublié les cadavres tout neufs, comme paraissait les avoir provisoirement oubliés le magistrat affamé.

François prit le bras de sa femme, l'aida à se relever, et ils entrèrent tous trois dans la maison.

– Juste le temps de faire réchauffer le café au lait, disait Marguerite. Il y a du beurre, du miel.

– Va pour le miel.

– Des confitures.

– Je n'en demande pas tant.

François précédait le commissaire dans la salle à manger, choisissait dans le buffet une nappe aux couleurs vives. Cependant, Marguerite gagnait la cuisine, s'affairait.

Flessois avait récupéré le sac de Simone, il le jetait négligemment sur la table, auprès du portefeuille, puis promenait ses regards sur la tapisserie couvrant les murs, où des taches claires marquaient les places qu'avaient autrefois occupées les photographies de Robert Denisot.

– Fombieux n'en a pas laissé une.

– Non. Pas une. Il les a toutes décrochées après la mort de la petite.

– Ça se comprend.

Flessois entrait au salon, décrochait le téléphone.

– Allô! Donnez-moi Quimper! (Il obtenait immédiatement la communication avec le commissariat.) Allô... Victor? Oui, c'est moi. Je vous appelle du *Mesnil.* Faites le nécessaire auprès du Parquet. Comment?... Plutôt, oui. Deux morts... Magnard n'est pas encore arrivé? (Machinalement, il consulta sa montre.) Non. Pas la peine... J'ai moi-même cherché à le joindre. Il n'a pas passé la nuit chez lui. Oui, il est jeune... Enfin dès que vous le verrez... Merci!

Il raccrocha, se retourna et découvrit, dans un angle de la pièce, le portrait de Claudette.

– Pauvre gosse!

Il avança de quelques pas, s'écarta, chercha le meilleur éclairage. Mais, déjà, ce n'était plus la toile qu'il regardait, ou, plus exactement, il la regardait sans la voir. Ses yeux étaient privés de tout éclat, et il demeura immobile, les bras ballants, jusqu'à ce que la voix de Marguerite l'arrachât à sa méditation.

– Monsieur le commissaire est servi.

Elle portait un plateau chargé d'un bol, de coupes, de pots fumants, ornés des mêmes entrelacs jaunes sur fond brun. Flessois alla s'asseoir.

– J'ai mis des tartines sur le gril. J'ai pensé que vous préféreriez des rôties à notre gros pain.

– Non, non. Envoyez-moi la miche. Des toasts! Pour qui me prenez-vous?

Il se tailla une énorme tranche, de toute la largeur de la boule, l'enduisit d'une épaisse couche de beurre. Les domestiques s'étaient adossés à la desserte, les mains sur le ventre. Ils dodelinaient de la tête.

Flessois engloutit hâtivement sa tartine, vida la moitié de son bol, et se tamponna les lèvres avec sa pochette.

– Ouf! Cela va mieux. Moi, tant que j'ai l'estomac vide... Et maintenant, nous allons faire du bon travail, à nous trois. *Nous le pouvons, enfin!*

– Mais... tout à votre service, monsieur le commissaire.

Successivement, il vida sur la nappe le maigre

contenu du sac, puis celui du portefeuille : pièces d'identité, lettres, papiers divers, quelques billets de banque. Ce faisant, il coulait un regard de biais dans la direction des domestiques, pour juger de l'effet qu'allaient produire ses paroles.

– Pour commencer, qu'est-ce que c'était que cette fille?

– Mais... quelle fille?

– Il n'y en a pourtant pas deux. La Simone Mèzières, la sœur de Sylvain... Mais asseyez-vous donc. Je sens que nous allons en avoir pour un moment. Voyons, comment se conduisait-elle? Vous qui viviez dans son intimité, quelle impression?

François avança deux chaises, s'assit à côté de sa femme.

– Elle ne m'a jamais beaucoup plu, à moi, fit Marguerite. Non pas qu'elle soit désagréable, bien au contraire. Seulement, elle avait l'air trop sûre d'elle, et autoritaire avec ça!

– Moi, je ne trouve pas, dit François. Je sais que pour ma part...

Le magistrat prévint une discussion vaine.

– La question n'est pas là. Avec Sylvain, comment se comportait-elle?

– Oh! exactement comme une sœur aînée. Vous savez qu'elle avait six ans de plus que lui. Elle était très... très maternelle.

– Très... et même trop!

Flessois éparpilla, de l'index, quelques lettres sur la nappe.

– Voici un échantillon de ce qu'elle lui écrivait... « *Mon petit, quinze jours sans toi, déjà... Je sais bien! Tu as ton travail, tes distractions... Surtout tes distractions! Tu ne penses pas que je suis seule et que je n'ai que toi. Tu ne peux me comprendre, mais je t'en prie, mon petit Sylvain, écris-moi. Je deviens folle...* » Eh bien! Qu'est-ce que vous en pensez?

Comme les domestiques le contemplaient avec des yeux ronds, il lut, de nouveau, au hasard :

– *Mon pauvre chéri, comme ta lettre était dure! Comme elle m'a fait mal! Mais je te pardonne puisque tu reviens. Je vais enfin t'avoir un peu à moi. Oh! je ne suis pas jalouse, non, ce n'est pas cela. Je t'ai déjà sacrifié tant de choses! Mais j'ai bien le droit de te garder un peu, maintenant! de vivre un peu auprès de toi, par toi! Je suis ici comme une vieille femme, privée de tout. Il me semble que ta présence me réchauffera, ta seule présence, mon petit. Je n'ai besoin que de cela...* »

Marguerite porta les poings à ses hanches et interrompit, presque agressive :

– Elle n'était pas sa sœur?

– Allons donc! Les renseignements que nous avions fait prendre à Paris sont formels. Ce que l'enquête était seulement incapable de nous révéler, c'est la nature exacte des sentiments de cette sœur abusive.

– Mon Dieu! fit la vieille femme.

– Oh! Ne dramatisons rien. N'allons pas imaginer je ne sais quoi. Le cas n'est pas si rare. Simone a élevé son frère. Elle l'a tenu sur ses genoux, elle a reçu ses premières confidences. Elle a vécu pour lui, au point d'en oublier qu'elle était femme. Et puis, un jour, Sylvain a eu vingt ans. Il a commencé à secouer le joug d'un amour exclusif. Un petit mâle, aux dents longues! Après tout, Simone n'était ni sa mère ni sa maîtresse. Comment aurait-il supposé, avec son égoïsme tout neuf, que la pauvre fille se rongeait de ne pouvoir être ni l'une ni l'autre?

Flessois refit le plein dans son bol, se tailla une nouvelle tartine.

– Dommage que nous ne possédions pas la contre-partie de ces lettres : les réponses de Sylvain. Mais je les vois d'ici... Passons à un autre sujet. Avant de devenir les hôtes du *Mesnil,* nos gens étaient bien descendus dans un hôtel?

– *La Caravelle.*

– C'est cela. *La Caravelle.* Mais, pourquoi diable avaient-ils justement choisi *La Caravelle,* la boîte la plus austère de Bénodet? Le couvent, comme dit l'inspecteur Tiercelin. Il ne se passe pas de mois que la patronne ne vienne nous dénoncer des scandales imaginaires. Une vieille taupe qui...

Flessois s'interrompit, se mit à compulser les autres papiers épars sur la table, et auxquels il n'avait jusqu'alors accordé aucune attention particulière. Après quoi, il rassembla les billets de banque.

– Cette fois, je crois que j'y suis... Dites-moi, il doit y avoir un annuaire du téléphone, dans cette maison.

– Sur l'étagère du salon.

Le commissaire traversa la pièce à grandes enjambées, feuilleta l'épais volume.

– *Atlantic... Beau Rivage... Belle Vue...* Ah! *La Caravelle.*

Une minute plus tard, il avait la *vieille taupe* au bout du fil.

– Ici, M. Flessois. Vous reconnaissez ma voix, mademoiselle? Vous la connaissez bien, n'est-ce pas? (Il exhala un soupir.) Je voudrais un renseignement... Vous avez eu comme pensionnaire, il y a un mois environ, un certain Sylvain Mézières... Oui, c'est cela, le sauveteur de Mlle Denisot... Et sa sœur. Pourriez-vous me retrouver leur note? Oui, je ne quitte pas. (Il éloigna le combiné de son visage.) La pauvre! La voilà déjà aux cent coups. Je ne donne pas une heure avant que tout Bénodet... (Il rapprocha l'appareil :) Allô! Oui... Comment? Elle était là quinze jours avant lui... Ils sont repartis le lendemain de l'arrivée de son frère, l'après-midi qui a suivi le sauvetage. Exactement! Combien dites-vous? Jamais de vin... Jamais un supplément, sauf le jour de... Les chambres les plus modestes... Eh bien! c'est parfait. Je vous remercie, mademoiselle... Non, ne vous inquiétez pas.

Flessois regagna la salle à manger, le visage rayonnant. Il prit deux papiers, sur la table, les présenta aux domestiques.

– Vous connaissez cela? Non. Je vous en félicite... Ce sont des reconnaissances du *Crédit Municipal,* du *Mont de Piété,* comme on disait dans ma jeunesse... J'y ai passé. (Il ramassa deux autres feuilles.) Et ça, ça vous dit quelque chose? Pas davantage!... Avis de prorogation d'avance de banque... (Il les posa sur les reconnaissances, exhiba trois nouveaux papiers, de couleur verte :) Vous n'allez pas me dire que vous ignorez également! Si? Mais vous êtes des anges... Ce sont des billets doux des *Contributions directes* : avertissement sans frais... avec frais... menace de saisie... Passons maintenant à l'actif... (Il compta les billets de banque :) Vingt et un, vingt-deux, vingt-trois... Vingt-trois mille francs. Eh bien! Je crois que le bilan est significatif.

– Ils étaient...

– Oui. Fauchés... lessivés... Au bout de leur rouleau, tout au moins, je le présume. Et cela explique le choix de *La Caravelle,* l'hôtel le meilleur marché de Bénodet, presque une œuvre philanthropique. Cela explique peut-être même Bénodet, un trou où les créanciers ne viendront pas vous chercher. Seulement, même à *La Caravelle,* impossible de tenir le coup encore longtemps. Il faut trouver une solution.

– Ainsi, l'invitation au *Mesnil* était pour... ces gens une aubaine, observa François.

– Dites plutôt une planche de salut.

Marguerite, elle, faisait la moue.

– Mais... la suite, monsieur le commissaire. Comment cette Simone, avec ses sentiments, a-t-elle pu accepter? Comment, surtout, n'a-t-elle même pas prévu, dès le début, ce qui allait se passer entre notre Claudette et ce séduisant jeune homme qui venait de lui sauver la vie, un artiste par-dessus le marché! Moi, je vous jure que j'ai tout de suite flairé... Il n'y avait pas besoin d'être grand psychologue, comme on dit.

Flessois considéra la vieille femme avec sympathie.

– En effet, nous n'avons aucune raison de supposer Simone inconsciente. Au contraire, nous devons même admettre qu'elle vivait dans l'éternelle crainte de perdre un jour ce frère trop aimé. Vous êtes bien d'accord, n'est-ce pas?

– Mais... où voulez-vous en venir, monsieur le commissaire?

– A cette conclusion logique que, non seulement la Simone avait envisagé l'épilogue sentimental de l'aventure, mais qu'elle l'acceptait. La planche de salut, je vous le répète. (Le magistrat poursuivit, en s'animant :) Au point où nous en sommes, pourquoi même ne pas aller jusqu'à dire qu'elle avait, depuis longtemps, songé à *se servir* de son beau compagnon, car il était beau, le gaillard! Sous-entendu qu'elle devait demeurer la seule et unique dans le cœur de Sylvain. J'en ai connu des filles de cet acabit!... Et voici que le Dieu des aventuriers place sur la route de notre couple aux abois la victime idéale : une très riche héritière qui, de surcroît, déteste sa famille. Peut-on rêver proie plus magnifique et plus facile à plumer?

Les deux domestiques donnèrent les signes d'une vive agitation, et Marguerite poussa son mari du coude, comme pour l'encourager à intervenir, à protester.

– Eh bien! nous, nous sommes sûrs que M. Sylvain aimait Claudette! s'exclama-t-il. Ça saute à l'œil, ces choses-là!

Et Marguerite ajouta :

– Si vous l'aviez vu ces derniers jours... depuis le malheur!

– Pour l'instant, dit Flessois, c'est Simone qui m'occupe. Quelle était son attitude? Comment se comportait-elle envers nos jeunes gens?

– Sa conduite était toute naturelle... Celle d'une grande sœur. Elle encourageait les projets de son frère... Elle choyait Claudette.

– Choyait est peut-être trop dire, rectifia François. Mettons qu'elle était... normale.

– Vous voyez bien. Pas d'équivoque possible. Car enfin, en admettant même que Simone ait eu des œillères, les intentions des amoureux ne sont pas demeurées longtemps secrètes. Claudette s'est fait une joie de les proclamer. Vous le savez mieux que moi, vous qui avez assisté à la scène. Cette fois, Simone était fixée. Or, a-t-elle réagi?

Les vieux époux secouèrent la tête, tristement.

– Il n'y en a qu'une qui a réagi, reprit Flessois. La malheureuse mère avait la tête faible. L'annonce des fiançailles de sa fille, et, aussitôt après, l'aveu de certaine tentative de suicide étaient un double choc trop dur à surmonter. Mais cela est une tout autre histoire. Revenons à nos agneaux... Eh bien, qu'avez-vous?

Marguerite, soudain, s'était mise à frissonner. Elle porta les mains à son front, les fit lentement glisser le long de son visage.

– Je n'avais pas osé le dire, monsieur le commissaire, fit-elle en baissant les yeux. Pardonnez-moi... J'avais vu sortir Madame, la fameuse nuit... Je l'ai suivie jusqu'à la côte... Je l'ai entendue crier : « Robert! Robert! »

François émit une sorte de grognement. Il contemplait sa femme avec un étonnement mêlé d'épouvante. Le magistrat ne paraissait nullement impressionné, et à peine surpris.

– Tiens! Tiens! Très significatif. Robert était le prénom de son premier mari. Alors, qu'avez-vous fait?

– Je me suis sauvée. J'avais peur... peur de notre pauvre Monsieur.

Flessois leva très haut les sourcils, et fit pensivement :

– Robert Denisot... Le mort défiguré... L'obsession du *Mesnil*... Ainsi, vous avez cru..., poursuivit-il en observant curieusement la domestique. La chose est pourtant simple. Votre infortunée maîtresse va se tuer, et elle a choisi, pour mourir, l'endroit où on a retrouvé le corps de son premier mari, le seul homme qu'elle a jamais aimé, sans doute. Elle appelle : « Robert! Robert! », elle crie le prénom de celui qu'elle va rejoindre... Très touchant, certes, mais pas mystérieux pour deux sous.

Il menaça Marguerite de son gros index à l'ongle trop court.

– Ce n'est pas que votre témoignage nous eût avancés. Mais il fallait parler... Il faut toujours dire tout ce que l'on sait à la justice. En tout cas, inutile de revenir là-dessus. Vous m'entendez bien? Pas un mot à M. Irois, tout à l'heure... Il pourrait prendre la chose moins légèrement que moi.

Il alluma une nouvelle cigarette, se leva et, les mains au dos, commença une longue promenade à travers la pièce. Les fenêtres étaient closes; une lumière tamisée baignait la salle à manger. Un papillon palpitait contre la vitre.

Longtemps, le magistrat conserva un silence méditatif, puis il reprit d'une voix lente, s'adressant manifestement moins à ses compagnons qu'à lui-même.

– Maintenant, nous voici à l'assassinat de Claudette... Hum! Pas reluisante, notre enquête. Il est vrai que nous avons des circonstances atténuantes. Avant le crime, une discussion terrible entre belle-fille et beau-père pour une question d'intérêt. Comment n'aurions-nous pas tout d'abord cherché dans ce conflit l'explication du drame? Comment n'aurions-nous pas commencé par soupçonner Fombieux?... Après, bien sûr, nous aurions dû... Cela paraît l'évidence, à présent. Mais alors? Pour nous, il n'y a que *ceux du Mesnil* qui comptent... Le père est mort dramatiquement, c'est le tour de la fille... La tragédie a commencé il y a deux ans. Elle se poursuit... Une tragédie en vase clos, où les étrangers à la famille n'ont pas leur place... Les invités? Des figurants...

Ses pas l'avaient ramené devant la table. Il posa la main sur les lettres.

– Tout de même! Penser qu'il suffisait... (Il s'interrompit, eut un ample mouvement des épaules.) Bah! Les choses ne sont-elles pas bien ainsi? Elle sera mieux au cimetière qu'au bagne.

– Seigneur! fit Marguerite. Vous ne voulez pas dire...

– Il me semble que les derniers événements en date ne laissent guère le choix des explications.

François se leva, remua fébrilement les mains, et se rassit. Marguerite se comprimait les tempes entre les poings; son visage trahissait un douloureux effort de pensée. Elle parla soudain, et sa voix semblait venir de très loin.

– Mlle Simone aurait tué Claudette? Mais pourquoi? Pourquoi? Car enfin, si ce que vous avez imaginé est vrai, le succès allait dépasser de beaucoup les espoirs de votre... de votre aventurière. Claudette se trouvait, du fait de la mort de Madame, à la tête d'une fortune bien plus considérable encore.

Flessois enveloppa la vieille femme d'un regard satisfait.

– Justement raisonné. Il nous faut donc admettre qu'un nouveau facteur vient d'intervenir, qui a totalement renversé la situation. Or, ce facteur n'est, ce facteur ne peut être que la révélation apportée à Simone des sentiments véritables que nourrit son frère à l'égard de Claudette.

Marguerite laissa retomber ses poings. Elle fit sur un ton d'imploration :

– Il était sincère, n'est-ce pas? Il aimait Claudette.

Flessois était songeur.

– Oui, il l'aimait. Si j'en juge par ce que vous m'avez dit, si j'en juge surtout par l'épilogue du drame. Il l'aimait... Mais l'aima-t-il dès le premier instant, dès le sauvetage, c'est ce que nous ne saurons probablement jamais. Quoi qu'il en soit, Simone fait cette affreuse découverte que la riche et jeune orpheline a pris sa place dans le cœur de Sylvain, que Claudette a cessé d'être la proie et est devenue sa rivale, l'affreuse découverte que c'est à elle, maintenant, que Sylvain joue la comédie.

– Mais comment a-t-elle découvert?

– Ma foi! Ses yeux ont pu finir par se dessiller, comme on dit. Mais les faits suggèrent plutôt l'idée d'une révélation soudaine, brutale. Je suppose que... que Simone a entendu une conversation édifiante entre nos fiancés, conversation qui ne lui a pas laissé l'ombre d'une illusion.

Flessois ralluma sa cigarette éteinte, et après quelques lentes bouffées :

– J'irai même plus loin. Pour moi, l'effet a immédiatement suivi la cause, autrement dit : la vengeance a immédiatement suivi la terrible découverte. Et, voyez comme les circonstances étayent cette hypothèse. Après la scène avec son beau-père, la petite devait être plus désemparée que jamais, plus que jamais elle avait besoin d'un soutien, d'un réconfort... Sylvain a dû la consoler en des termes où éclatait toute sa passion. Simone a surpris le duo.

De grosses larmes coulaient sur les joues plissées de Marguerite. Elle balbutia :

– Je me rappelle... Claudette était sortie... M. Sylvain a été la retrouver dans le jardin... Ils sont rentrés ensemble, un peu plus tard. J'achevais de débarrasser la table... Ils m'ont demandé si j'avais vu passer quelqu'un. Claudette avait dû s'apercevoir...

– C'est bien cela. Mais pour Claudette, l'espion ne

pouvait être que Fombieux. Comment aurait-elle songé à soupçonner la grande amie, la future belle-sœur? C'est sans méfiance que, dans la nuit, elle ouvrira sa porte à la criminelle, folle de jalousie. Et je parierais que, avant de frapper, la Simone a révélé la vérité à sa victime. Ce serait assez féminin... Et le comble, ajouta Flessois en soupirant, c'est que, non seulement la meurtrière ne sera pas inquiétée, mais qu'elle va devenir en quelque sorte notre témoin numéro un. Il faudra que je relise son interrogatoire. Je serai curieux de voir jusqu'à quel point...

Marguerite reniflait bruyamment.

– M. Sylvain non plus n'avait rien soupçonné, n'est-ce pas?

– C'est l'évidence. Pourquoi alors aurait-il attendu quatre jours?

Instinctivement, ils levèrent les yeux vers le plafond.

– Passons à la soirée d'hier, reprit Flessois. Rien de particulier à me signaler?

Ce fut François qui répondit :

– Non, rien... sauf que Simone n'est pas descendue pour dîner. C'était la première fois.

– Ah! Ah! Cela pourrait avoir son importance. Enchaînons! Nous savons que la fille ne s'est pas déshabillée... pas couchée... et qu'elle n'a pas été frappée dans sa chambre. A propos, il faudra que je visite celle de son frère.

François, déjà, se levait. Flessois lui fit signe de se rasseoir.

– Tout à l'heure. Pour confirmation. Je préfère continuer à imaginer. Mais, que dis-je, imaginer! Les faits ne s'imposent-ils pas, noir sur blanc?... Sans doute Simone avait-elle espéré que, Claudette morte, Sylvain lui reviendrait, et que tout recommencerait comme avant. Mais ces quatre jours l'ont cruellement détrompée. Peut-être même quelque fait précis et tout récent – saurons-nous jamais lequel? – lui a-t-il apporté la preuve décisive que son frère était perdu pour elle. C'est de Sylvain cette fois, qu'elle va se venger.

Les deux époux eurent un même geste de protestation, et François s'exclama :

– Doucement! Nous n'en sommes encore qu'à la vengeance de Simone. De Simone que la douleur de Sylvain a rendu frénétique. Elle veut qu'il souffre davantage, et qu'il souffre par elle. Bien féminin encore! Elle va lui apprendre la vérité et, comme il refuse de la croire, elle lui exhibe l'arme avec laquelle elle a frappé Claudette... C'est tout de même aller un peu loin. Sylvain voit rouge, selon l'expression consacrée. Il lui arrache l'objet des mains et...

Flessois avait empoigné un des couteaux de table. Il l'abattit dans le vide et, se tournant vers les domestiques pétrifiés :

– Vous devez prendre le premier car, et Fombieux part toujours d'assez bonne heure. La place sera libre. Sylvain monte le corps au grenier. Il le fera disparaître, l'enterrera sans doute.

– Je me rappelle, dit Marguerite. Je voulais aller dire au revoir à Mlle Simone. Il m'a répondu de la laisser dormir, que nous aurions l'occasion de nous retrouver.

– Je pense bien. En fait d'occasion, il aurait filé sans idée de retour. Pour tout le monde, il serait reparti... avec sa sœur. Pas mal, au fond, pour un crime non prémédité. Seulement, il y a eu le grain de sable : votre recherche d'une valise au grenier.

François passa deux doigts sous son col.

– Ah! Cette affreuse attente, après mon coup de téléphone! Et nous qui pensions que M. Sylvain éprouvait... la même peur que nous.

– C'était le dernier coup, la fin, fit lentement le commissaire. Mais je pense que, Sylvain Mézières nous eût-il échappé, la partie n'en était pas moins définitivement perdue pour lui. Il a simplement attendu l'extrême limite, mon coup de cloche. Et puis...

Il était revenu devant la fenêtre. Il l'ouvrit toute grande, libérant le papillon. Le soleil inonda la pièce, allumant le flanc des faïences. Le magistrat se pencha sur l'appui, regarda dans la direction du lilas. Et ce fut pour lui seul, cette fois, qu'il parla.

– Oui, au fond, je crois que tout est beaucoup mieux ainsi. Nous connaîtrons les faits, les mobiles. Alors? Une arrestation! Un procès! Qu'est-ce que ça a jamais apporté, un procès? Un bonhomme, une bonne femme, est-ce que ça s'explique? Est-ce que quelqu'un pourrait m'expliquer, moi, Flessois? Et je ne suis qu'un pauvre imbécile d'honnête homme.

Un ronflement d'auto emplit le silence. La voiture ralentit, s'arrêta. Le commissaire avait reconnu le bruit du moteur. Il aspira un grand coup d'air et sortit de la maison, d'un pas lourd.

DERNIERS VOLUMES
PARUS DANS LA COLLECTION
LE MASQUE

1723	DIX BRÈVES RENCONTRES	**AGATHA CHRISTIE**
1724	MEURTRE AU PALAIS DE BUCKINGHAM	**T.E.B. CLARKE**
1725	WEEK-END TRAGIQUE	**DOMINIC DEVINE**
1726	MEURTRE SUR LA BUTTE	**RICHARD GRAYSON**
1727	LE CRIME NE FAIT PAS LE BONHEUR	**BERTON ROUECHE**
1728	LA PLUS JOLIE DES GARCES	**EXBRAYAT**
1729	LA DERNIÈRE BOUTEILLE	**STANLEY ELLIN**
1730	LE PERROQUET CHINOIS	**EARL DERR BIGGERS**
1731	TOUT CE QUI BRILLE...	**ELIZABETH POWERS**
1732	UN CLIMAT MORTEL	**JEAN-PIERRE FERRIÈRE**
1733	RENDEZ-VOUS SUR MA TOMBE	**ALEXANDRE TERREL**
1734	DES CHIFFRES ET DES MEURTRES	**SCOTT KEECH**
1735	SUICIDE À L'ÉCOSSAISE	**JOHN DICKSON CARR**
1736	CHANSONNETTE FUNÈBRE	**JONATHAN STAGGE**
1737	L'ARNAQUE EST MON MÉTIER	**BILL PRONZINI**
1738	LE CHIEN DES BASKERVILLE	**CONAN DOYLE**
1739	QUAND LE DIABLE RICANE	**PIERRE SALVA**
1740	L'ÉTRANGE CAS DES TROIS SŒURS INFIRMES	**CHARLOTTE ARMSTRONG**
1741	L'HONNEUR DE BARBERINE	**EXBRAYAT**
1742	PÉCHÉ MORTEL	**JUNE THOMSON**
1743	ELLE N'EN PENSE PAS UN MOT	**JOSEPHINE TEY**
1744	LES DOUCEURS PROVINCIALES	**EXBRAYAT**
1745	BOUSCULEZ PAS LE MAGOT	**A.A. FAIR**
1746	DES VOISINS TRÈS INQUIÉTANTS	**CAROLINE POURUNJOUR**
1747	LA FIÈVRE DANS LE SANG	**RUTH RENDELL**
1748	L'OMBRE ET LA PROIE	**BOILEAU-NARCEJAC**

ENVOI DU CATALOGUE COMPLET SUR DEMANDE

IMPRIMÉ EN FRANCE PAR BRODARD ET TAUPIN
58, rue Jean Bleuzen - Vanves - Usine de La Flèche.
ISBN : 2 - 7024 - 1496 - 6

H 52/0742/8